溺愛されてみる？

黒崎あつし

17099

角川ルビー文庫

目次

口絵・本文イラスト／タカツキノボル

溺愛されてみる？

1

雨上がりの午後、帰社したての営業達が、綺麗《きれい》な虹《にじ》が出ていたと口々に話している。

その会話を小耳に挟《はさ》んだ志藤広生《しどうひろみ》は、思わずパソコン画面から視線を上げた。

(虹?……ってことは、もうすぐだ)

もうじき、営業とシステム開発部の一部が入っているフロアに営業部一の美女がやって来て、並ばないと買えないと評判のバームクーヘンを配りはじめるはず。

広生は、密《ひそ》かにうきうきしながらドアにちらりと視線を向ける。

すると、予想通りにドアが開き、大きなトレイを持った営業部一の美女が現れた。

人数分に切り分けられたバームクーヘンは、手を汚《よご》さず食べられるようにとの気遣《きづか》いからかあらかじめ紙ナプキンでくるまれていて、「差し入れです」との呼びかけに、部屋にいた社員達が嬉々《きき》として歩み寄って行って我先にと手を伸ばしはじめる。

「志藤さんもどうぞ」

人がはけるのを待っていたら、どうやら遠慮《えんりょ》していると思われたようで、営業部一の美女が、営業内では新参者の広生の許《もと》にわざわざ歩み寄って来てくれる。

広生は、「ありがとうございます」と生真面目《きまじめ》にお礼を言ってから、バームクーヘンをひとつ手に取った。

（これ、美味《うま》いんだよな）

以前、広生はこの話題のバームクーヘンを食べたことがあった。

ただし、それは夢の中での話。

広生には、たまに他愛《たあい》のない予知夢を見る癖《くせ》（？）があり、今日のこの出来事も三日ほど前の夢で見ていたのだ。

とはいえ、夢の中のことだけに、自分が美味《おい》しいと口元をほころばせているのはわかっても、具体的にどんな味なのかまではわからない。

期待に胸を膨《ふく》らませながら、ぱくっと一口。

（わっ、やっぱり美味しい）

しっとりした食感で、口に含《ふく》むと、ふわあっと卵とバニラの風味が広がり、思わずむふっと口元がほころんだ。

（……ん？　けど、ちょっと甘すぎるか）

甘さ控《ひか》えめのスイーツが多い中、このバームクーヘンは案外しっかり甘みがついている。

スイーツは好きだが極端《きょくたん》な甘党じゃないから、これだけで食べるのはちょっとしんどい。

（どうせなら美味しく食べたいな）

夢で見たのは、虹の話からバームクーヘンを一口食べる瞬間《しゅんかん》まで。

その後で、ん？　と首を傾《かし》げたところまでは見ていなかった。

セルフサービスの珈琲《コーヒー》を持って来ようと広生が立ち上がりかけたとき、「どうぞ」と、思いがけなく、テーブルの上にカップホルダー入りの珈琲が入った紙コップが差し出された。

「ブラックでいいんでしたよね？」

広生の顔を覗《のぞ》き込むようにして微笑《ほほえ》むのは、営業に配属されたばかりで不馴《ふな》れな広生の指導員に任命された堀田航平《ほったこうへい》だ。

「あ、はい。——ありがとうございます」

律儀《りちぎ》に頭を下げてお礼を言うと、「どういたしまして」と航平が爽《さわ》やかな笑顔《えがお》を見せる。

高身長の、いわゆる流行《はや》りの細マッチョ。

明るい茶髪《ちゃぱつ》と琥珀色《こはくいろ》の目、俳優かモデルになっても絶対にいけるとみんなに太鼓判《たいこばん》を押されている、愛嬌《あいきょう》のある厚めの唇《くちびる》が印象的な、整った顔立ちの青年だ。

そのキラキラと眩《まぶ》しい爽やかイケメンスマイルに、広生は黒縁眼鏡《くろぶちめがね》の奥の目をちょっとだけ細めた。

（さすが、爽やかだなぁ）

広生より二歳年下の航平は、その華《はな》やかな容姿と屈託《くったく》のない明るい性格で初対面の人間からも好かれるお得な青年で、入社二年目にして若手ナンバーワンの営業成績を誇《ほこ》っている。

一方、広生はといえば、決して根暗というわけではないが、ちょっとばかり遠慮がちな性格で、人とうち解けるまでけっこう時間がかかるほうだ。

外見も、絵に描《か》いたようなイケメンの航平とは違《ちが》い、平均よりちょっと小さい身長に、平均よりぐっと少ない体重、そして真っ黒な直毛に真っ黒な目。小ぶりな鼻に薄《うす》い唇と、どこもかしこも地味で控《ひか》えめな印象のパーツでできている。

性格も外見も営業向きじゃない広生を指導するのは大変だと思うのに、航平は嫌《いや》な顔ひとつ見せず、あれこれとまめに面倒《めんどう》を見てくれていた。

「これ、美味しいですか？」

隣《となり》の席に座った航平が、机の上に置かれてあった自分のぶんのバームクーヘンに目を向けた。

「はい、とっても」

力を込めて頷《うなず》いてから、もう一口食べて、ありがたく珈琲を飲む。

（あ、やっぱりこのほうがずっと美味しい）

広生の口元が、むふっと自然にほころぶ。

それを目撃《もくげき》してしまった航平も釣《つ》られたように微笑み、「俺のもどうです？」と手つかずのバームクーヘンを差し出してきた。

「堀田さん、甘いもの苦手なんですか？」

「そういうわけじゃないです。志藤さんがすっごく美味しそうに食べてたから」

もっと食べさせてあげたくなったんです、と航平が人懐《ひとなつ》こそうな笑顔全開で言う。

「はあ、それはどうも。――ここのバームクーヘン、以前に食べたことは？」

「ありません」

「だったら是非《ぜひ》ご自分で食べてみてください。美味しいですよ。話題のスイーツだから、営業先での話題に使えるかもしれないですし、絶対に食べたほうがいいです」

広生の強い勧《すす》めに、「志藤さんがそうおっしゃるなら」と、素直《すなお》に航平はバームクーヘンに齧《かじ》りついた。

「うん。……確かに、これは美味いですねぇ」

「でしょう?」

自分が作ったわけでもないのに、広生はなんとなく自慢《じまん》げだ。

「志藤さんって、甘いものがお好きなんですか?」

「人並み……よりは、ちょっと好きかもしれないですね」

航平の質問に、広生は律儀に答える。

「でも、スイーツ屋さんに通うほどじゃないんです。コンビニのシュークリームを、自分へのご褒美《ほうび》にしてる程度ですから」

「ご褒美ですか。……可愛《かわい》いですね」

(可愛い? コンビニのシュークリームって、見た目可愛かったっけ?)

広生は心の中で首を傾《かし》げた。

「どこのコンビニのシュークリームがお好きなんですか?」

「特に拘《こだわ》りはないです。今はどこもそれなりに美味しいですし……」

「ふうん。だったら今度、食べ比べしてみません?」

「食べ比べ?」

「あちこちのコンビニからシュークリームを集めてきて、どれが一番か食べ比べるんです」

どうです？　と聞かれた広生は、「遠慮しときます」と正直な気持ちを言った。

その答えに、「駄目《だめ》ですか」と、航平がちょっとびっくりしたような顔をする。

「はい。好物でも、一日一個で充分《じゅうぶん》です。それに、どれも普通《ふつう》に美味しいので、食べ比べて優《ゆう》劣《れつ》をつける必要は特にないかと」

「……なるほど。そういう考え方なんですか。――やっぱり、志藤さんって可愛いですね」

(僕？　シュークリームじゃなかったのか)

年下の女性社員から、可愛いなどと言われてからかわれたことはあるが、年下の男性社員から可愛いと言われたのははじめてだ。

(これは、誉《ほ》めてる……んだよな？)

最近は男でも、『可愛い』という誉め言葉を喜ばなければならない風潮があるし……。

「ありがとうございます」

誉めてもらったのならばと生真面目にお礼を返すと、航平は嬉《うれ》しそうに白い歯を見せた。

広生の勤務先である【アズマ・システムズ】は、会社独自のシステム開発やその運用と保守、そしてソフトウェアの開発などを行っている会社だ。

十五年前に設立して以来、上り調子で業績を上げてきたのだが、ここにきて不況《ふきょう》の煽《あお》りを受け業績が横ばいから下降気味になりつつある。

そこで経営陣《じん》は、社内の経費節減を意識するようになり、システム開発部ではその作業効率や勤務態度からリストラされる社員まで出た。

当然の流れで、広生がいた経理にもその波は及《およ》んだ。

元々、経理はふたりしかいない部署で、仕事内容も決算時以外はさほど大変でもなく、暇《ひま》な時期は営業に頼《たの》まれるまま、急ぎのデータ作成や資料整理などの雑用を手伝っていた。

そのせいもあってか、会社のほうからひとりは経理専門のまま、もうひとりは営業へ異動するようにとのお達しがあったのだ。

そして、営業への異動を命じられたのは広生のほうだった。

（……無理）

不器用なほどに生真面目《きまじめ》で律儀で几帳面《きちょうめん》な広生にとって、経理はまさに天職だった。

だが、対人スキルは極端に低いので、営業なんて職種が務まるとは思えない。

会社のほうからは三ヶ月ほどの試用期間を設けると言われているが、ぶっちゃけ、その間にものにならなかったら辞《や》めてくれとも仄《ほの》めかされていた。

（ここは潔《いさぎよ》く辞めてしまったほうがいいのかも……）

いずれリストラを宣告されるのは目に見えている。

この会社に勤務するようになって今年で四年目、これまでは特に不満なこともなく順調に働かせてもらってきて、その点に関しては感謝すらしている。

三ヶ月もの間、給料泥棒《どろぼう》に甘んじて、最後の最後に辛《つら》い思い出を作るより、ここはいっそ潔く自分から退職すべきなんじゃないか？

悩《なや》んだ末、広生は退職願を用意した。

そして経理で働ける最終日、いつ退職願を上司に出そうかとタイミングを見はからっていると、営業部長が航平を引きつれ、わざわざ経理の入っているフロアまで挨拶《あいさつ》に来てくれたのだ。

「営業部一同、ずっと陰《かげ》で協力してくれていた経理のふたりには感謝していたんだ。だから、今回の異動にも全面的に協力するよ。志藤くんが早く営業の仕事に馴染《なじ》めるよう、明日からは若手ナンバーワンの営業を指導員につけるから、彼に遠慮《えんりょ》なく色々聞いて勉強してくれ」

正直言って、この申し出に広生は困惑《こんわく》した。

（勉強しろって言われても、もう辞めるつもりなのに……）

だが、いま現在の直属の上司にまだ話していないことを、営業部長に先に言ったのでは、会社員として筋が通らない。

生真面目な広生が返答に窮《きゅう》していると、航平に手首を摑《つか》まれ強引《ごういん》に握手《あくしゅ》させられた。

「志藤さん、一緒《いっしょ》に頑張《がんば》りましょうね」

「え、あ、はい。……よろしくお願いします」

爽やかな笑みを浮《う》かべる航平にぶんぶんと手を振《ふ》り回され、気づくと広生はついつい頷いてしまっていた。

いったん頷いてしまうと、律儀《りちぎ》な性分《しょうぶん》のせいで今度は退職願を出せなくなってしまって、そして今、広生は営業達がいるフロアで見習いとしてお世話になっている。

営業部長が言っていたように、営業達はみんな協力的で親切だった。

指導員になってくれた航平は一際《ひときわ》親切で、そりゃもうきめ細やかに面倒を見てくれている。

外回りで一緒にあちこち行くときなどは、まるでエスコートでもされているような気分になることもあるぐらいだ。

（先輩《せんぱい》だけど、後輩《こうはい》なのに……）

社歴は二年上でも営業としてはまだ一週間、もっと厳しくビシビシしごいてくれてもよさそうなものなのに、航平はいつも優《やさ》しく接してくれる。

一緒に回っている営業先も、たぶん広生のために人当たりのいい会社を選んで連れて行ってくれているようで、初見の会社への飛び込みにはまだ一度も連れて行ってもらっていない。

航平がそういう仕事をするときは、社内でのデータ集計や書類作成の仕事などを広生に依頼《いらい》して、ひとりで出て行ってしまうのだ。

最初の数日は、もしかしたらはじめから適性がないと見抜《みぬ》いていて、試用期間の三ヶ月の間、飼い殺しにするつもりなのかと思ったりもしたのだが、どうやらそれも違《ちが》うようだ。

会社帰りに頻繁《ひんぱん》に夕食に誘《さそ》ってくれて、営業するときのコツを教えてくれたり、ちょっと辛《つら》かった失敗エピソードなどを笑い話を交えて話しては、営業するときの心構えなどを親切に教えてくれているからだ。

（辞めようと思ってること、ばれてるのかも）

自分は営業には向かないと最初から諦《あきら》めていたことを見抜いていて、それで気持ちから挫《くじ》けてしまわないよう、辛い仕事から一時的に遠ざけ、一生懸命励《いっしょうけんめいはげ》ましたり応援《おうえん》してくれているのかもしれない。

だとしたら、その誠意を無下にするのも心が痛い。

三ヶ月後、会社から戦力外と判断されるだろうとわかりきってはいるが、それでもとりあえずは航平の厚意に報《むく》いるべく、どこまでできるか頑張ってみるしかなさそうだ。

親身になってくれる航平を見ているうちに、広生はそう考えるようになっていた。

(堀田さんがみんなに好かれる理由がわかったような気がする)

明るく爽《さわ》やかなイケメン。

女性陣から好かれるのは当然としても、そのぶんだけ男性からは反発を買いそうなものなのに、社内でも営業先でも彼を悪く言う人はいない。

外見や見た目の雰囲気《ふんいき》だけじゃなく内面までも明るく爽やかで、しかも押しつけがましくなく気配り上手ときたら、それも当然だと納得《なっとく》できる。

対人スキルが極端《きょくたん》に低く、航平が厳選してくれたであろう営業先でさえ、挨拶以外ではほとんどしゃべれずにいる広生からしたら航平はあまりにも眩《まぶ》しすぎる存在だった。

(すっごく頼《たよ》りになるし……)

感謝しているが、年下に頼り切っている今の自分がちょっと情けない。

せめてできることは完璧《かんぺき》にやろうと、頼まれているデータ集計や書類作成に関しては、今まで以上の完成度を心がけているところだ。

三ヶ月の試用期間は、この会社で過ごす最後の日々になる可能性が高い。

それがわかっていても、ちゃんとやる気になれている自分にちょっとびっくりだ。

今の状況《じょうきょう》は、仕事への向き合い方とか積極性とか、今までの自分に欠けていた部分を学ぶいい機会になっているみたいだ。

いい指導員に恵《めぐ》まれたと、広生は心から航平に感謝していた。

☆

人気《ひとけ》のない夜の街、ビルとビルとを繋《つな》ぐ歩行者用の回廊《かいろう》に広生はいた。

（……綺麗《きれい》だな）

何度か通ったことのある回廊なのに、規則正しく点在する植え込みと足元を照らすライトの光が、いつもより幻想的《げんそうてき》でずっと綺麗に感じられる。

どうしてかな？　と不思議に思っていると、不意に腰《こし》を抱《だ》き寄せられ、拒《こば》む間もなく唇《くちびる》を奪《うば》われた。

『……ん』

（なんだ？　これ、どういうこと？）

状況がつかめず混乱する視界には、航平のドアップ。

びっくりして気をつけ状態になっていた広生の腕《うで》が、やがてゆっくりと上がっていって、恐《おそ》る恐るといった感じで航平のスーツに触《ふ》れる。

硬直《こうちょく》していた唇からも力が抜け、長いキスにおずおずとだが応じはじめている。

広生の瞼《まぶた》はとろんと落ちていき、その視界はゆっくりと暗くなっていって……。


「——ええっ!!」

そして広生は、ガバッと飛び起きた。

「今の夢、なに？　どういうこと!?」

ひとり暮らしのアパートの部屋、思わず声に出した疑問に答える人はいない。

「キス……してたよな」

今のは、間違《まちが》いなく予知夢だ。

男同士でキスしている状況にもびっくりだが、唐突《とうとつ》にキスされたにも拘《かか》わらず、突《つ》き飛ばそうともせずおずおずとだが応じていた未来の自分にもびっくりだ。

（堀田さんは、そういう対象じゃないのに……）

明るくて爽やかで親切で優しくて、ケチのつけようのない、いい人だとは思う。

人間として見習うところが多いなと感じているし、指導員として尊敬もしている。

だが、恋愛《れんあい》対象として見たことはない。

そもそも、広生にそっちの性癖《せいへき》はないのだ。

（……女性ともろくにつき合ったことないけど）

そこはかとなくお互《たが》いに意識しあっていた女性ならいるが、対人スキルの低さ故《ゆえ》に最後の一押しが上手《うま》くいかず、ちゃんとしたつき合いにまで発展しなかった。

当然だが、気軽に遊びで男とキスできるほど、広生ははっちゃけた性格をしていない。

「……どういうこと？」

深夜の三時過ぎ、常夜灯のみの仄暗《ほのぐら》い寝室《しんしつ》で広生は呆然《ぼうぜん》と呟《つぶや》いた。

長年の経験から、広生は普通《ふつう》の夢と予知夢の違いがわかる。

普通の夢の場合は、特に夢だと意識することなくごく自然に自分の身体を動かすことができるのに、予知夢の場合は、指一本どころか視線すら自分の意思で動かせなくなるのだ。

自分の身体がどんな動きをしているのかは一応わかるのだが、触感《しょっかん》や味覚、臭覚《しゅうかく》などの感覚はなく、まるで操《あやつ》り人形の中にぎゅうぎゅう詰《づ》めにされ、密封《みっぷう》状態で無理矢理《むりやり》身体を動かされているような感じになる。

いつから予知夢を見るようになったのかは覚えていないが、少なくとも物心ついた頃《ころ》には見ていたように思う。

予知夢とはいっても、世界的な災害や大きな事件などは一切《いっさい》見ない。

広生が見るのは、自分の身の回りのちょっとした幸運や些細《ささい》な不幸ばかりだ。

ちょっとしたお小遣《こづか》いを貰《もら》える幸運な予知夢を見た数日後、それが現実になって喜んだり、学校に忘れ物をして怒《おこ》られた予知夢を見た翌朝、慌《あわ》てて提出物をランドセルに詰め込んで難を逃《のが》れたりと、その程度の他愛《たあい》ないものだ。

それに予知夢を見ていられる時間も、一、二分程度と短い。

そのせいもあって、この予知夢には超能力《ちょうのうりょく》などといった大袈裟《おおげさ》なイメージはなく、たんなる癖《くせ》（？）程度のものだろうと広生自身は受けとめている。

ただ一度の例外が、小学三年生のときに見た予知夢だった。

その夢の中、広生は、隣家《りんか》の夫妻が自動車事故にあって病院に運ばれたという知らせを聞いて、大丈夫《だいじょうぶ》だろうかとオロオロしていた。

彼らは高齢《こうれい》に差しかかった仲のいい夫婦《ふうふ》で、子供に恵まれなかったこともあってか、隣《となり》に住む兄と自分とをそれはもう可愛《かわい》がってくれていたのだ。

（大変だ）

目覚めてすぐ、なんとかしなきゃと思った。

まだ現実には起こっていないことだから、事故を止める方法だってあるはずだ。

忘れ物をして怒られた予知夢を見たときだって、その直後に提出物をランドセルに詰め込んでおいたから怒られずに済んだのだから……。

夢の中、ブレーキ系統に異常があったらしいと両親が話していたのを覚えていた広生は、すぐさま隣家に走り、すぐに車を修理してくれるようにと必死に頼《たの》み込んだ。

『修理って言っても、うちの車はどこも悪くないんだよ？』

隣家の夫婦は困った顔をしたが、いつにない広生の必死な態度を怪訝《けげん》に思ったようで、車検の予定を早めてくれた。

そして、車検を引き受けた修理工場で首尾《しゅび》よく車の故障は発見された。

だが、それで、めでたしめでたしでは終わらなかった。

その故障は、人為的《じんいてき》に人の手で施《ほどこ》されたものだということが明らかで、そのせいで大人達の注意が広生に集中してしまったからだ。

『広生ちゃん、どうして車が故障してることを知ってたんだい？』

聞かれても、予知夢を見たのだとは言えなかった。

物心ついた頃、予知夢を見た話を両親にして何度か変な顔をされたことがあり、幼心に傷ついて、予知夢のことは人には話さないほうがいいと学習していたからだ。

（……どうしよう）

まだ子供だったせいもあって、専門知識が必要な車の故障が、広生が悪戯《いたずら》したせいではないかと言い出す人はいなかった。その代わり、誰《だれ》か他《ほか》の人物が車に細工をしたところを目撃《もくげき》してしまったのではないかと勘違《かんちが》いされていたようだ。

『大丈夫、怖《こわ》くないのよ。ちゃんと守ってあげるから、本当のことを言ってちょうだい？』

困惑《こんわく》して黙《だま》り込む広生に、両親も隣家の夫妻も優《やさ》しく接してくれた。

だが、なにも見ていないのだから言えるわけがない。

（変なこと言って、関係のない人が疑われたら困るし……）

困り果てた広生は、仕方なく両親だけに本当のことを話すことにした。

曰《いわ》く、自分が車の故障を知ったのは予知夢を見たからだと……。

その結果、両親は広生をセラピストの許《もと》に連れて行った。

今ならば、常識ある大人が、予知夢を見たなどという、子供の素《す》っ頓狂《とんきょう》な話をすんなり信じるわけがないと納得《なっとく》もできる。

だが、子供だった広生にとって、それは酷《ひど》く衝撃的《しょうげきてき》な事件だった。

(お父さんもお母さんも、僕を信じてくれないんだ)

両親は、広生が車を故障させた犯人を目撃して怯《おび》えているせいで、予知夢を見たなどという嘘《うそ》をついたと思ったらしい。怯えなくても大丈夫だから本当のことを言うようにと、セラピストのプロの技《わざ》で優しく説得してもらおうと考えたようだ。

どうして嘘をつくんだと頭ごなしに叱《しか》られるより全然マシだっただろうが、それでも、両親に信じてもらえなかったという現実は広生の心に深い傷となって残った。

その後、他の目撃者が現れ、隣家の車に細工をした人が逮捕《たいほ》された。

最終的に広生は、その人らしき姿は見かけたが、怖かったから本当のことがどうしても言えなかったと嘘をついた。

そして大人達は、その話をすんなり信じてくれた。

本当のことを言っても信じてもらえず、嘘をついたらすんなり信じてもらえる。

そのことが、生真面目《きまじめ》な広生の心に再び傷となって残った。

それ以降、予知夢を見ることは誰にも言ってない。

悪い予知夢を見たからといって、それを避《さ》けるために自分から動くこともしなくなった。行動することで不審がられ、些細な不幸どころか、自分にとってたいそう不幸な事態を引き起こすこともあると学習してしまったからだ。

隣家の件だって、怪我《けが》のほどは予知夢ではわからなかった。

もしかしたら擦《す》り傷と打ち身程度で、ことさらに騒《さわ》ぐ必要はなかったのかもしれない。

もちろん、その逆で最悪の事態になっていた可能性も捨てきれない。

それでも広生は、自分を守るほうを優先しようと心に決めた。

とはいえ、実際に誰かが大怪我をするような予知夢を見たら、自分がどんな風に行動するか微妙《びみょう》に判断がつかないところだけど……。

(命に関《かか》わるような事態だったら、さすがに黙ってはいられないかもな)

だが運良く、あれ以降、あんな大事件の予知夢は見ていない。

波風の立たない平和で地味な日常を送っている広生の周囲には、物騒《ぶっそう》な事件なんてほとんどないし、すべての悪い出来事を予知夢として見るとは限らないからだ。

今は、未来に起こる出来事を先撮《さきど》りしたDVDを、ちょっとだけ覗《のぞ》かせてもらっているような感覚で予知夢を見ている。

ちょっとした幸運の予知夢のときはこっそりと期待に胸を膨《ふく》らませ、些細な不幸の予知夢のときは辛《つら》い時間に耐《た》える覚悟《かくご》をする。

どうせ些細な不幸なのだから、ことさらに避けることはしない。

あらかじめ心の準備をするだけで、随分《ずいぶん》辛さが軽減できるからそれでもう充分《じゅうぶん》だ。

そういう意味では、この予知夢を見る癖は、広生にとってメリットがあるのだろう。

ただ、人に言えない隠《かく》し事があるという意識のせいで、生来地味な性質に拍車《はくしゃ》がかかってしまったような気はする。地味に目立たないように生きる癖がついてしまっているようで、社会人になってからのこの数年は取り立てて事件のない地味な日々が続いていた。

そのせいか、子供の頃は月に二、三回は見ていた予知夢も、見る回数がぐっと減って二ヶ月に一度、見るか見ないかだったのだが……。

(前の予知夢を見てから、まだ三日しか経《た》っていないのに……)

経理から営業へと異動し、いずれ退職することになるかもしれない。

そんな人生最大の激動の真っ最中だけに、ちょっとした幸運や些細な不幸を感じる回数が増え、必然的に予知夢の回数も増えたということなのだろうか？

(……さっきのは、どっちなんだろう？)

夢を見ていたときの感覚からして、予知夢なのは間違いない。

わからないのは、あれがちょっとした幸運なのか、それとも些細な不幸なのかだ。

(いい人だとは思うけど……)

二歳年下の明るく爽《さわ》やかで親切な指導員。

好感は確かに持っているが、それがイコール恋愛感情なのかと聞かれたら返事に困る。

恋愛自体と縁《えん》のない生活を送ってきたから、情報や経験値が足りなすぎて、自分で自分の感情を上手に分析《ぶんせき》して結論を下すことができそうにない。

（堀田さんは、僕のこと、どう思ってるのかな？）

夢の中の自分は強引《ごういん》に唇《くちびる》を奪《うば》われていた。

ということは、航平のほうにその気があるということなんだろうか？

（同性愛者だって話は聞いたことないけど……）

愛嬌《あいきょう》のあるその整った顔立ちのせいか、航平はやはりもてるようで、社内の噂《うわさ》では大学時代にはかなり遊んでいたという話だ。

もう大人ですから遊びからは卒業しましたよ、これからは仕事一筋です、と、からかわれる度《たび》に本人が嘯《うそぶ》いているとか……。

（恋愛《れんあい》とは関係なく、なにか事情があってキスした可能性もあるか……）

社内の飲み会の席で、罰《ばつ》ゲームの一環《いっかん》とかで男同士でふざけてキスする人達を見たことがあるが、さっきのあれは人気《ひとけ》のない夜の歩道だったから、ちょっとシチュエーションが違《ちが》う。

（となると、実地でキスを教わってたとか？）

営業のスキルに、キスの技術が含《ふく》まれるなんて話は聞いたこともないけれど……。

（……キス、上手そうだったな）

広生は、そっと指先で唇に触《ふ》れてみた。

夢の中、キスをしているのはわかっても、その感覚まではわからない。

それでも、キスが深くなるごとに身体から緊張感《きんちょうかん》が抜《ぬ》けていくのはわかったし、おずおずと自分から航平のスーツに手を伸《の》ばしてもいた。

腰《こし》を抱《だ》き寄せたあの腕《うで》の力や、触れた唇の感触《かんしょく》は、いったいどんな風だったんだろうか？

(僕、目を閉じちゃってたし……)

視界が滲《にじ》んで、夜の明かりがやけにキラキラと綺麗《きれい》に見えていた。

その綺麗な光景が見えなくなるのを惜《お》しむかのように、ゆっくりと落ちていった瞼《まぶた》。

自ら視界を放棄《ほうき》するってことは、それだけ無防備になってしまうということだ。

となると、あの夢の中の自分は、航平にすっかり身体を預け、安心しきってたってことになるわけで……。

(ってことは、自分から望んでキスしてもらったのかな？)

予知夢を見てから、それが現実になるのは大抵《たいてい》一週間以内だ。

その間に、自分は航平に恋愛感情を抱《いだ》くようになるのだろうか？

(……なにがなにやら)

なにがどうなれば、キスをしたいと思う心持ちになるのか。

男同士で、どうやればそんな甘いシチュエーションになるのかもわからない。

広生は、ひとりで困惑しまくっていた。

2

昼休みが終わるとすぐ、航平はひとりで営業に出てしまった。

部屋に残った広生は、航平に頼《たの》まれた資料作成の作業をしながら、こっそりと溜《た》め息をつく。

（……困った）

一昨日、あんな予知夢を見てしまったせいか、過剰《かじょう》なほどに航平を意識してしまうようになってしまった。

以前は平気だったのに、側に来られると微妙《びみょう》に緊張して身体が硬《かた》くなる。

あの唇とキスすることになるのかと、航平の愛嬌のある唇に視線が吸い寄せられてしまう。

その度に、変に思われるとまずいと慌《あわ》てて視線を外すのだが、不器用な広生だけに妙にぎこちない仕草になってしまうものだから、航平に気づかれてるんじゃないかと気が気でない。

（こんな……変に意識してる場合じゃないのに……）

今日の午前中、広生は航平と共に、営業部長から会議室へと呼び出されていたのだ。

『志藤くんの今後の仕事内容を、堀田くんと一緒《いっしょ》に考えてみたんだ』

どう贔屓目《ひいきめ》に見ても君が飛び込み営業には向いていないのは確かだ、と、営業部長は好意的な笑《え》みを崩《くず》さずにズバッときついことを言った。

『だが、データ集計や書類作成に関してエキスパートだってことは、営業では誰《だれ》もが認めるところだ。そこで提案なんだが、これからもそっち方面の仕事をしてもらえないかな』

以前、経理にいたときのように、営業達の手には負えないだろう急ぎのデータ集計や、プレゼン用に見栄《みば》えのいい資料作成などをして欲しい。営業内の能力バランスを見ても、それが一番効率的なやり方だと思う。もちろん、それだけではなく営業としての仕事もやってもらうが、それはすでにしっかりとした繋《つな》がりのある顧客《こきやく》相手のルート営業的なものになると思う。

そんなことを営業部長が言うのを、広生は呆然《ぼうぜん》として聞いていた。

(それなら、僕にもやれる)

パソコンに向かうより客先で話をしていたほうがいいと公言している営業達にデータ集計や書類作成を任せるより、慣れている広生が手がけたほうが圧倒的《あっとうてき》に時間短縮になるし間違いも少ないと自信を持って言える。

ルート営業ならば、大抵は決まった担当者とのつき合いになるだろうから、馴染めばこんな自分でもなんとかなるだろう。

どうかな？　と営業部長に問われた広生は、それはとてもありがたい話だと正直に答えた。

だが、それで経営陣《じん》が納得《なっとく》してくれるかどうかが気にかかる。

それを言うと、大丈夫《だいじょうぶ》、上を説得できる自信ならある、と営業部長が力強く言う。

『ただ、上を説得した後で、君に退職願を出されるようなことになったら、そんな私の努力も水の泡《あわ》になるからね。行動に移す前に君の意思を確認《かくにん》しておきたかったんだ』

　じゃあ決まりだねと言われて、よろしくお願いしますと、生真面目《きまじめ》に深々と頭を下げる。

　顔を上げて隣《となり》に座っていた航平を見ると、航平は『よかったですね』と頷《うなず》き、にこにこ嬉《うれ》しそうに微笑《ほほえ》んでいた。

　その顔を見て、広生はなんとなく思ったのだ。

（きっと、堀田さんが部長に提案してくれたんだ）

　普通《ふつう》の営業としては務まらないだろう自分の適性を考え、どんな方向性で営業部に組み入れたらいいか、一緒に仕事をしながら考えてくれていたんじゃないかと……。

（僕は、もう諦《あきら》めてたのに……）

　三ヶ月後にはこの会社を辞《や》めることになるのも仕方ないと思っていた。

　一度用意した退職願も、いずれ必要になるかもしれないと、まだ鞄《かばん》の中に入れたまま。

　生き残る道を探《さが》そうとも思っていなかった。

（駄目《だめ》だな。もっと積極的に頑張《がんば》らないと）

　なんとかして生き残ろうとする貪欲《どんよく》さが、最初から自分には欠けていた。にもかかわらず、航平や営業部長は、広生がこの会社で生き残る道を探し続けてくれていたのだ。

　心底ありがたいと思うし、その気持ちに応えたいとも思う。

　生き残る道筋をつけてもらったのだから、この三ヶ月で自分なりに頑張って、役に立つ存在だと会社に認めてもらえるだけの働きを見せなきゃならない。

　最初から諦めてしまうだなんて、怠惰《たいだ》な真似《まね》はもうできない。

(僕、いつからこんなに諦めがよくなってたんだろう？)

つらつらと自らの過去を思い返した広生は、子供の頃《ころ》の予知夢絡《がら》みの事件に思い至った。

両親に信じてもらえなかったことに傷つき、でも傷ついたと訴《うった》えたりはしなかった。

嘘《うそ》なんてついてないと反論しないまま、口を閉《と》ざす道を選んでしまっていた。

あれからずっと、仕事に関することは別として、自分のことに対しては人と衝突《しょうとつ》せずに済む道を無意識のうちに選ぶ癖《くせ》がついてしまっていたような気がする。

反論したり粘《ねば》ったりするより、潔《いさぎよ》く諦めてその場を流してしまったほうが楽だからだ。

(僕にとっては、これが予知夢を見る癖のデメリットか)

性格形成に、ここまで影《かげ》を落としていたとは自覚していなかった。

(一昨日の夢のせいで、堀田さんと今も微妙に気まずいままだし……)

航平から強引に唇を奪われ、うっとりと目を閉じる。

ふとした瞬間《しゅんかん》にあの予知夢を思い出しては、慌てて航平の顔から視線を背《そむ》けてしまう。

ちょっとした会話の最中も、楽しげに話すあの愛嬌のある唇が気になって気になって、どうしても挙動不審《きょどうふしん》に陥《おちい》ってしまうのだから困ったもので……。

(……って、今はこんなこと考えてる場合じゃないか)

積極的に頑張ろうと決めた矢先に、考え事をしてぼうっとするなんて駄目すぎる。

広生は、両手でペチッと軽く頬《ほお》を叩《たた》いて気合いを入れ直した。

集中して仕事をしていると、同じ部屋にいる営業達の世間話すら耳に入らなくなる。

広生は、パソコン画面にだけ集中して、ただ黙々《もくもく》と作業に励《はげ》んでいた。

すると突然《とつぜん》、キーボードの中央に、ぽんっとコンビニのシュークリームが出現した。

「貢《みつ》ぎ物です」

「……え？——あ、お帰りなさい」

びっくりして顔を上げると、いつの間に戻《もど》ってきたのか航平の姿があった。

(これは、資料作成を手伝ってるお礼のつもりかな？)

仕事なんだから気を遣《つか》わなくてもいいのにと思いつつ、「ありがとうございます」とお礼を言って受け取ると航平は嬉しそうな顔をする。

「珈琲《コーヒー》飲みますよね？」

うきうきした様子で広生のぶんまで珈琲を用意してくれて、「どうぞ、食べてください」と嬉しそうな顔のまま広生をじいっと見ている。

「……はい」

隣の席からじいっと見られていると、さすがに食べにくいものがある。

ぎこちなくシュークリームの袋《ふくろ》を手に取り、ピッと開けたところで、広生はふと気づいた。

「堀田さんのぶんはないんですね。じゃあ、半分こにしましょうか。……っと、手を洗ったほうがいいかな」

立ち上がろうとしたが、航平に止められた。

「俺は気にしませんよ」

「そうですか？　それならお言葉に甘えて」

袋から取り出したシュークリームを半分に割って、「はい」と航平に手渡《てわた》す。

「どうも。──半分こって、親しい感じがしていいですね。嬉しいな」

航平は、なぜかやたらと嬉しそうな顔で、ぱくっと一口でシュークリームを食べてしまった。

（あ、唇《くちびる》に）

一気に口に押し込んだせいか、航平の上唇に白いクリームがついてしまっている。

いつもだったら、ついてますよ、と気軽に注意できるのだが……。

（ちょ、直視できない）

その上唇に堂々と視線を向けたり、指差したりすることがどうしてもできない。

だからといって、ほうっておくこともできず、広生は自分のシュークリームに視線を向けたまま、「……クリーム、唇についてますよ」とぼそっと言った。

「あ、どうも」

恥《は》ずかしそうに慌てて手の甲《こう》で唇をぬぐう航平を視線の端《はし》で意識しつつ、広生もぱくっとシュークリームに食いつく。

（……美味《おい》しい）

どんなときでも、甘いものを食べるととりあえず気持ちがほっと和《なご》む。

目を伏《ふ》せていた広生は、むふっとほころんだ自分の口元を、航平がじいっと見つめていることに気づいていなかった。

「今日は夕食どうですか？」

仕事帰り、一緒に社屋を出たところで航平に誘《さそ》われた。

外食派の航平は毎日のように夕食に誘ってくるのだが、経済面を考慮《こうりょ》して自炊《じすい》派の広生は、きっちり三度に一度の割合でしか誘いに応じていない。

（今日は断る番だけど、まだ堀田さんにお礼を言ってなかったっけ……）

営業部長と一緒に広生が生き残る道を模索《もさく》してくれたことへのお礼を、航平にはまだ言っていないことを、ふと思い出す。

広生は律儀《りちぎ》な性分《しょうぶん》だからお礼を言わずに済ますことなんてできないし、思い出してしまった以上先送りにもしたくない。

だが、道端《みちばた》であっさりお礼を言うのは失礼なような気もする。

（いい機会だな）

一緒に夕食に行ってその席でお礼を言えばいいかと、広生は夕食の誘いに応じることにした。

航平が連れて行ってくれる店は、大抵《たいてい》が街の定食屋さんといった気さくな雰囲気《ふんいき》のところだ。

ファミレスほど賑《にぎ》やかでなく、ウエイターがしょっちゅう様子を窺《うかが》いにくるような格式張った店でもなく、ひとりでもゆっくり食事ができるような庶民的《しょみんてき》な感じがして気が楽だ。

だが、今日は違《ちが》った。

航平が選んでくれた店は和食系の居酒屋で、飲みましょうよと珍《めずら》しく強引《ごういん》に誘ってくる。

「じゃあ、あまり強くないので一杯《いっぱい》だけ」

頼《たの》んだグラスビールがテーブルに届くと、お約束だから乾杯《かんぱい》しようと言われた。

この厳しいご時世に失業者にならずに済む可能性が高くなったことを思えば、乾杯するのも悪くない。

「じゃあ、乾杯」

「あ、はい。――乾杯」

差し出された航平のグラスに、慌《あわ》てて自分のグラスをぶつけてから、ビールを少しだけ飲む。

(にがっ)

久しぶりに飲んだビールの苦みに、ちょっとだけ口元が歪《ゆが》んだ。

「ビール駄目なんですか？　甘いのがいいなら、梅酒のソーダ割りでも頼みましょうか？」

「あ、いえ。大丈夫です。久しぶりの苦みにびっくりしただけで、駄目じゃありませんから……。ほら、珈琲とかもブラックで飲んでるでしょう？」

「ああ、そういえばそうだった。――志藤さんって、面白《おもしろ》いですよね」

「面白い？　生真面目な性分なんで、冗談《じょうだん》とか言うのは苦手なんですが……」

もしかしたら、自分でも知らないうちに笑えるような真似をしているということか？

不安になった広生が顔色を曇《くも》らせると、「そうじゃなくて」と慌てて航平が手を振《ふ》る。

「普段《ふだん》は表情をあまり変えないのに、食べ物に関してだけは表情が豊かになるから……」

「そう……でしたっけ？」

「そうですよ。甘いものを食べたときに、にこっとするのがすっごく可愛《かわい》くて、ここ最近ずっと見てましたから間違いないです」

見られてたなんて、気づかなかった。

知らないうちに見られていたなんて、ちょっとばかり気恥ずかしいものだ。

（って、僕も勝手に夢に見ちゃったんだっけ……）

不意に、例の予知夢を思い出した広生は、慌てて視線をテーブルの上に落とす。

そうこうしているうちに次々に料理が運ばれてきて、これはちょうどいいと視線を料理に固定したまま、せっせと箸《はし》を動かした。自然にビールも進み、アルコールに弱いせいで、あっという間に覚えのあるふわっとした感覚に襲《おそ》われてしまう。

（やばい。酔《よ》う前にちゃんとお礼だけは言っておかないと……）

そのために夕食の誘いに応じたのだから。

とりあえず箸を置き、俯《うつむ》いたままでは失礼だから顔も上げる。

唇に吸い寄せられそうになる視線を、なんとか航平の目に固定させて口を開いた。

「あ、あの……今日は、ありがとうございました。――部長が提示してくださった案を考えてくれたのは、堀田さんなんでしょう？」

「ああ、あれですか。いいんですよ。あれは、俺が自分のためにやったことですから」

「自分のため？」

（僕がいると、便利だってことかな？）

苦手なデスクワークを担当してもらうことができるから。

役に立てるのは幸せなことだと広生がひとりで納得《なっとく》していると、「ひとつ聞いてもいいですか？」と唐突《とうとつ》に質問された。

「なんでしょう？」

「ここ数日の志藤さん、ちょっと以前とは様子が違いますよね？」

「え？　あの……」

航平の質問に、ギクッと身体がすくむ。

（あんな予知夢を見たことがばれた……わけないか）

露骨《ろこつ》に顔を背《そむ》けたりしていたから、避《さ》けているとでも思われたのだろうか？

「ち、違うって、どんな風に？」

「俺の顔を直視しないというか……。なにか妙《みょう》に意識されてるような気がするんですが」

鋭《するど》い指摘《してき》に、またしてもギクッと身体がすくんだ。

「そ、そんなこと……」

ないですよ、と言いかけて、ぴたっと止める。

（無理。僕じゃ誤魔化《ごまか》しきれない）

実際に挙動不審《きょどうふしん》な態度を取っているのだから、否定したところで無意味だ。

上手に嘘《うそ》をついて誤魔化すなんて器用な真似《まね》はできないし、見え見えの嘘をつくのも嫌《いや》だ。

（親身になってくれてる人に、失礼な真似はできないし……）

広生は心底困惑《こんわく》しきって視線を泳がせた。

「志藤さん、ちゃんと答えてくれないと、俺、自分に都合よく解釈《かいしゃく》しちゃいますよ」

「都合よくって？」

「俺が、志藤さんの口元をずっと見てたのと、同じ理由かなって……」

（……口元？）

意味がよくわからず、更《さら》に困惑する。

広生は、生真面目《きまじめ》な性分だけに、イレギュラーなピンチに弱いのだ。

（ああ、もう！　考えたってわからないし、なにをどうしたって上手《うま》くやれないなら、本当のことを言ってしまえ！）

焦《あせ》りと酔いとに追い詰《つ》められ、すっかりパニックに陥《おちい》ってしまって、広生は逆に開き直った。

きっと信じてもらえないだろう。

そうしたら、笑って冗談だと誤魔化せばいい。

信じてもらえないどころか、気持ち悪いことを言わないでくださいよと変な目で見られるようだったら、まだ鞄《かばん》に入れたままの退職願が役に立つ。

対人スキルが低すぎて誰《だれ》とも気楽なつき合いはできずにいたが、それでもいつも誠実に対応することだけは心がけてきた。追い詰められた今、下手《へた》な言い訳をして墓穴《ぼけつ》を掘《ほ》るより、慣れたやり方で対応するのがベストのはずだった。

だから広生は、思い切って口を開いた。

「僕には子供の頃《ころ》から変な癖《くせ》があるんです」

「癖……ですか？」

突然《とつぜん》の話題の変化に、航平は戸惑《とまど》った顔をしながらも、「どんな？」と聞いてくれた。

「よ……予知夢を見る癖で……。あ、でも、そんなに大袈裟《おおげさ》なものじゃなくて……」

意味もなく、広生は顔の前で手を振る。

「自分の身の回りの、ちょっとした幸運や些細《ささい》な不幸を夢で見るだけなんですけど」

「予知夢ねぇ」

そうっと眼鏡越《ご》しに上目遣《うわめづか》いで表情を窺うと、航平は拍子抜《ひょうしぬ》けしたような顔をしていた。

(びっくりして当然か)

いきなりこんな素《す》っ頓狂《とんきょう》な告白をされたのだから……。

「その予知夢が、さっきの話にどう繋《つな》がるんです？」

「だから、夢で見たんです」

「なにを？」

「あなたを……。あなたと、その……僕が……き、キスをしている夢を見てしまって……。それで、つい……意識しちゃってたんです」

広生が上目遣いで見守る中、話を聞く航平の表情がみるみる明るくなっていく。

「夢の中で俺とキスしたせいで、俺を意識してたってことですか」

「まあ、そうなりますね」

「そっかあ……。それは、凄《すご》くいい夢ですね」

「え？……そうなんですか？」

思いがけず嬉《うれ》しそうな航平の反応に、広生はきょとんとしてしまった。

「男の僕と、夢の中とはいえキスしたなんて聞かされて、気持ち悪くなったりしません？」

「全然。——ここだけの話、俺、ゲイよりのバイなんです」

「芸よりの倍？」

なんだそれは？　とすぐには理解できず、しばらく考えた後でやっとピンときた。

「ああ、わかりました。同性愛者よりの両性愛者ってことですね」

なるほどと手を叩《たた》いて納得していると、航平がぷっと吹《ふ》き出した。

「堀田さん？」

「あ、いえ、反応があまりにも可愛いんで……。まあ、そういうことです。——だから、気持ち悪くなんかないです。むしろ、嬉しいですよ」

「そうですか……。よかった」

予知夢のせいで航平と気まずくなったり、気持ち悪がられたりせずに済んで、広生は心からほっとして微笑《ほほえ》む。

「志藤さんのその反応、脈ありだと思ってもいいんですよね？」

「脈？」

ありますけど？　と指先で自分の手首を押さえると、航平はまたぷっと吹き出した。

「ほんっと可愛いなぁ。——そっちじゃなくて、俺の気持ちを受け入れてくれる余地がありますか？　ってことなんですが」

「気持ちって？」

またしてもきょとんとした広生を見て、航平は笑《え》みを深くした。

「志藤さんって、今まで恋愛《れんあい》経験がほとんどないでしょう？」

「……わかりますか？　お恥《は》ずかしながら、その手のことは不得手で……」

「じゃあ、俺と経験を積んでみませんか？」

「え？……えっと……」

（経験を積むって……。恋愛の？　僕が堀田さんと？）

男同士なのに？　と首を傾《かし》げ、ああ、ゲイよりのバイなんだったっけとひとりで納得する。

（でも、だからって、わざわざ僕と？）

見た目は地味だし、性格は生真面目すぎるから一緒《いっしょ》にいて楽しい人間だとは思えない。

航平のような明るく爽《さわ》やかなイケメンなら、もっといい相手を探せそうなものだが……。

またしても混乱してきた広生は、じいっと熱っぽい目でこっちを見ている航平を正視できなくなって、視線をテーブルに落とした。

すると、運ばれてきたまま、さして手がついていない料理なんかが目についてきて、条件反射的に箸に手が伸《の》びた。

(夢の中でキスしてたのは、ここで僕がOKしたからだったのかな？)

だったら、ここで頷《うなず》くべきなんだろうか？

だが、それではまるで予知夢に操《あやつ》られているみたいで、どうにも気にくわない。

ぐるぐると考えながら、無意識に箸と口を動かして黙々《もくもく》と料理を食べる。

固形物だけだと喉《のど》が詰まるので、グラスも手に取りぐぐっとビールも飲む。

またしてもパニックに陥っていた広生の意識は、テーブル上の料理と自分の思考だけに集中してしまい、向かい側に座る航平の存在はすっかりシャットアウトしていた。

ずっと地味な人生を送ってきたので、この手の話題に極端《きょくたん》に不馴《ふな》れでどう対応したものかわからず、混乱しまくった挙げ句の現実逃避《とうひ》みたいなものだ。

ひとりで黙々と食べ続け、何度目かにグラスを手に取って口に運んだとき、

(……美味《おい》しい)

甘酸《あまず》っぱい味がして、むふっと口元がほころんだ。

その途端《とたん》、ぷっと航平が噴《ふ》き出す。

「やっぱりね。ビールより、梅酒のソーダ割りのほうが口に合うでしょう？」

「……え？　ああ、はい。……そうみたいです」

どうやら知らぬ間にビールが空になっていて、それで航平が注文してくれていたようだ。

（気づかなかった。……ああ、なんてこと）考え事に夢中になるあまり、同席している人を失念するとは……。

（いくらなんでも無礼すぎる）

黒縁《くろぶち》眼鏡越《ご》しに上目遣いで恐《おそ》る恐る表情を窺《うかが》うと、航平は広生の無礼を気にした様子もなく、にこにこと楽しげにしてくれている。

（やっぱり……いい人だぁ）

心は広いし、予知夢を見るだなんて素っ頓狂な話もすんなり信じてくれた。単純な広生は、なんだか感動してしまっていた。


あまり酒には強くないので、普段《ふだん》から飲み会でもグラス一杯《いっぱい》に留《とど》めるようにしている。

知らぬ間に頼《たの》まれていた二杯目の梅酒のソーダ割りが効いたようで、店を出る頃にはすっかり足元がふらついていた。

「大丈夫《だいじょうぶ》ですか？」

「はい。平気ですよぉ」

ちょっと呂律があやしくて、足元も覚束《おぼつか》ないが、酔《よ》っているのは身体だけで、思考はしっかりしているから大丈夫なはずだ。

（……けっきょく、返事しなかったな）

あの後、話題はあの店のデザートメニューに移ってしまって、返事は保留のまま。

航平は無理に話題を戻《もど》そうとはしなかった。

（僕が混乱してるのに気づいて、気を遣ってくれたのかな）

年下だとは思えないほど気遣いにすぐれていて、なにより優《やさ》しい。

ろくな話題を持たない自分と一緒にいたところで、たいして楽しくもないだろうに、始終にこにこと楽しげにしてくれて、こちらの気持ちを和《なご》ませてくれる。

さすがは若手ナンバーワン営業だと、広生はひとりで感心する。

（将来有望だから、社内でももてるみたいだし……）

ガードが堅《かた》くてなかなか近寄れないと、女子社員達が愚痴《ぐち》を零《こぼ》しているのを聞いたことがあると、経理にいた頃の同僚《どうりょう》も言っていた。

（そんな人気者が、僕なんかに本気で交際申し込むなんてこと、あるわけないよな）

予知夢を見るだなんて素っ頓狂な話を聞かされて、それならばと、航平も素っ頓狂な冗談《じょうだん》で返しただけかもしれない。

ゲイよりのバイだなんて言ったのも、冗談の一環《いっかん》だった可能性もある。

（ゲイとか、バイとか、よくわからないけど……）

でも、航平がそうであっても、特に嫌悪感《けんおかん》はない。それが本当で、もしかしたら航平がこんな自分を好いていてくれるかも……だなんて考えてみただけでどきどきするし……。

（こういうどきどきって、優越感《ゆうえつかん》のせいなのかな？）

高い価値がある人に好かれることで、自分もまた特別な存在になれたような気がするから？

それとも、その相手が航平だからだろうか？

よくわからないが、あれが冗談だったのだとしても、広生の地味な人生の中で、こんな風にどきどきする機会なんて滅多《めった》にないから、それだけでもなんとなく感謝したい気分だ。

酔い覚ましを兼《か》ねてふたりして駅までちょっと遠回りして歩く最中、広生はまた自分ひとりの考え事に没頭《ぼっとう》してしまっていた。

転ばないよう足元に向けていた視線をふと上げ、見えた光景に「あれぇ？」とびっくりする。

「どうかしました？」

「この光景、見覚えがあります」

「社の近くですからね。たまに通るんでしょう」

「そーですけど、そーじゃなくて。……ここ、夢で見た場所かも」

「夢って、例の予知夢ですか？」

「はい」

頷いた広生は、周囲を見渡《みわた》した。

確かに普段から見慣れた光景だけど、点在する明かりに照らされたタイル敷《じ》きの遊歩道はいつもよりずっと綺麗《きれい》に見えた。

酔いが回っているせいでぼんやり霞《かす》んで幻想的《げんそうてき》に見えるせいか、それとも同行者の影響《えいきょう》で楽しい気分になっているせいかわからないが……。

ぼけっと、その綺麗な光景を眺《なが》めていると、不意に腰《こし》を抱《だ》き寄せられ、強引《ごういん》に唇《くちびる》を奪《うば》われた。

（……嘘《うそ》）

夢で見ていたから、こうなることはわかっていたはずだった。

それでも、実感がなかったせいもあって、ほとんど不意打ちも同然で身体が硬直《こうちょく》する。

（夢じゃない。……ほんとにキスしてる）

夢で見たときはなんの感触《かんしょく》も感じなかったが、今は航平の唇の感触がある。

酔いが回ったせいで、少しだけ持ち主の言うことを聞かなくなっている広生の唇に押し当てられた、弾力《だんりょく》がある柔《やわ》らかな感触が……。

びっくりして見開いた視界に映るのは、あの夢と同じ航平のドアップ。

混乱しているのに、閉じられた目の睫毛《まつげ》が長いと冷静に観察している自分もいて、なんだか奇妙《きみょう》な感じだ。

「……んっ」

不意に、ぐいっと腰を抱く腕《うで》に力が入り、後頭部を支えられてキスが深くなる。

（ど、どうしよう）

深く触《ふ》れ合った唇から舌が入ってきて、一瞬怯《いっしゅんおび》えた広生は更《さら》に固まる。

そんな広生を宥《なだ》めるかのように、航平のキスは優しかった。

乱暴に貪《むさぼ》るような真似《まね》はせず、広生の反応を確かめながら、ゆっくりと舌を絡《から》めてくる。

夢ではわからなかったその濡《ぬ》れた感触に、広生の鼓動《こどう》は速くなる。

密着した身体が温かくて心地《ここち》いい。その温《ぬく》もりに、硬直していた身体から力が抜《ぬ》けていき、自然に広生も航平の身体に腕を巻きつけていた。

（キスって……こんなに気持ちいいものなんだ）

絡み合う唇の甘さは言うまでもなく、抱き寄せる腕の強さや、触れ合った身体からじんわりと伝わってくる温もりも気持ちいい。

夢で見たときは濃厚《のうこう》で刺激的《しげきてき》なキスかと思っていたけど、実際は優しく穏《おだ》やかな感じがした。互《たが》いの体温を分けあうような感覚も心地好くて、なんだかむしょうに甘えたい気分になる。

とろんと瞼《まぶた》が落ちて、広生はごく自然に航平にもたれかかるようにして身体を預けていた。

「ふ……っ……」

甘いキスにふわっと身体が浮《う》く感じがして、不意にカクッと膝《ひざ》が落ちたが、すかさず航平が支えてくれる。

そのせいで唇が離《はな》れてしまったことが、広生にはなんだかむしょうに寂《さび》しく感じられた。

「ねえ、志藤さん。俺、あなたが好きだよ」

力の抜けた身体を抱き締《し》めてくれていた航平が、耳元で甘く囁《ささや》く。

「真剣《しんけん》なんだ。――俺とつき合ってくれるよね？」

耳に吹《ふ》き込まれる甘い言葉に、ぶるっと身体が震《ふる》える。

広生は、ロマンチックな雰囲気《ふんいき》に流されるまま、気がついたら頷いてしまっていた。

3

（――さて、困った）

つき合うといっても、その後になにをしたらいいか広生にはさっぱりわからない。

（食事……はしてるから、じゃあ、次は休日にデートとか？）

でも、毎日一緒《いっしょ》に働いている状態で、休日まで顔をつき合わせていたいと思うものだろうか？

（僕は平気だけど……）

航平は、見ているだけでこっちの気分まで明るくなるような爽《さわ》やかなイケメンだから、長時間一緒にいても楽しいばかりだ。

だが、逆はどうだろう？

楽しいと思ってくれるだろうか？

それに関しては、いまいちというか、全然自信がない。

パソコン画面から顔を上げると、少し離れた場所で営業部一の美女と航平が、なにやらこそこそと顔を寄せ、親しげに話しているのが見えた。

（わぁ、美男美女）

お似合い、という言葉が自然に浮かぶ。

実際、少し前にあのふたりがあやしいと社内で噂《うわさ》になっていると、経理にいた頃《ころ》の同僚が教えてくれたことがある。

それに比べて、と自分を振《ふ》り返り、ちょっと溜《た》め息が零《こぼ》れた。

（ちょっと、違《ちが》いすぎるよなぁ）

決して自分の存在を卑下《ひげ》するつもりはない。

自分にできて航平にできないことだって沢山《たくさん》あると知っているからだ。

だが、客観的な容姿の差や、性格の明るさの違いが歴然としてあるのは事実だ。

うう〜んと眉間《みけん》に皺《しわ》を寄せ悩《なや》みつつ仕事をしていると、「誤解してませんよね？」と、背後から近寄ってきた航平に唐突《とうとつ》に耳元で囁かれた。

「なにをですか？」

「さっき、あの子と俺が話してたの見てたでしょう？　俺達、同じサッカーチームが好きで、たまに情報交換《こうかん》してるだけなんです」

さすがに仕事中だからこっそりと話しているのだと、航平が言う。

「普通《ふつう》に仲良しだってことですね」

その話に納得《なっとく》してすんなり頷《うなず》いたところで、広生は遅《おく》ればせながらやっと気づいた。

（そっか。誤解って、浮気《うわき》とか、そっち系の心配のことか）

つき合うことになったのだから、航平が自分以外の誰《だれ》かに思わせぶりな態度を取るところを目撃《もくげき》したら、自分には苦情を言う権利があるのだろう。

と、頭ではわかるのだが……。

(なんか、実感がないな)

誤解するどころか、すんなりお似合いだと思ってしまった。

嫉妬《しっと》すら感じていない自分に、広生はちょっと首を傾《かし》げる。

(なんだか、夢見てるみたいな感じなんだよな)

こんな派手で爽やかなイケメンが、地味で目立たない自分を好きだなんて、現実感がなさすぎて……。

予知夢の中でキスしていたときは感覚がなかった。

現実にキスして、つき合うことになったら、今度は実感が湧《わ》かない。

醒《さ》めない夢の中に迷い込んでしまったような感覚だ。

それでも、つき合うことを承知した以上、以前のように航平からの夕食の誘《さそ》いをあっさり断ったらまずいのだろうという自覚ぐらいならある。

だからその日も、一緒に社屋を出て、誘われるまま以前一度連れて行ってもらったことのある洋食屋に行った。

広生は、食事しながら航平にあれこれ聞いてみることにした。

(恋人《こいびと》になったんなら、一応基本情報は知っておきたいし……)

家族構成や住環境《じゅうかんきょう》、趣味《しゅみ》などはやっぱり押さえておきたい。

広生がそう言うと、「身上調査《しんじょう》ですか。志藤さんのことも教えてくれるんですよね？」と聞き返され、もちろんと頷くと、航平は嬉《うれ》しそうに乗ってきた。

ふたりとも両親は健在で、広生は兄がひとりに、航平は姉と弟がひとりずつ。

ふたりとも大学進学と同時に家を出て、ひとり暮らし中。

航平は高校大学とテニスをやっていて、広生はほとんど活動しない部を選んで籍《せき》だけ置き、もっぱら図書館で時間を過ごしていた。

「読書家なんですか？」

「ちょっと違います」

本を読むのは好きだが、鈍《にぶ》いうえに律儀《りちぎ》なもので、読み進むのに時間がかかり、読書が好きだと胸を張って言えるほどの冊数を読めていないのだ。

「最近は、会社で仕事に使う表計算のソフトなんかを使いこなすための勉強ばかりで、年間で十冊も読めればいいほうです」

「十冊も読めば充分《じゅうぶん》ですよ。俺なんて、営業先の話題になるような本を二、三冊読む程度ですから。暇《ひま》なときは、酒飲みながらもっぱらテレビやＤＶＤばっかり見てます」

見ますか？　と聞かれて、広生は渋々《しぶしぶ》頷いた。

「洋画とか好きです。……でも、やっぱり鈍いせいかすぐについていけなくなって、ついつい途中《とちゅう》で巻き戻《もど》して何度も見ちゃうんで、見終わるまでに凄《すご》く時間がかかっちゃって……」

広生の恥《は》ずかしさを堪《こら》えた告白に、航平がぷっと噴《ふ》き出す。

「じゃ、今度一緒になにか見ましょう」

「一緒にって……。だから、見終わるまですっごく時間がかかるんですよ？」

「望むところです」

とことんつき合いますよ、と航平は楽しげに言った。


その日の帰り際《ぎわ》、ふたりして最寄《もよ》り駅に向かった際、ちょっとだけ、と航平から駅のトイレの個室に連れ込まれてまたキスされた。

「ん……んん……」

二度目だけに昨夜と違って硬直することなく、おずおずとだが最初からちゃんとキスに応じることができた。

「こんなとこでごめん。昨夜は、予知夢の話を聞いてたから、つい我慢《がまん》できずにあんな所でキスしちゃったけど、やっぱり人に見られると色々とまずいからね」

こっそりと、小さな声で航平が耳元で囁く。

(そっか。男同士だし……)

うっかり、会社絡《がら》みの知り合いに見られたら大変なことになる。

つき合うといっても、男同士の場合は色々と制約もあるんだろう。

納得した広生は、「大丈夫《だいじょうぶ》です。わかってます」と律儀に小声で返した。

航平は嬉しそうに微笑《ほほえ》んで、角度を変え、またしっとりと唇《くちびる》を重ねてくる。

昨夜は強引《ごういん》なほどの力で身体に巻きついてきたその腕《うで》が、今日は優《やさ》しく身体に触《ふ》れてきた。

背中やうなじ、頭を撫《な》でられて、広生は優しいその感触《かんしょく》にただうっとりと身を任せる。

航平は、最後に濡《ぬ》れた唇を親指でそうっとぬぐってくれて、こつんと額と額を合わせてきた。

「志藤さん、素直《すなお》で可愛《かわい》いな」

小さく囁くその言葉に、広生は頬《ほお》を赤くして目を伏《ふ》せる。

以前はちょっと悩んだ『可愛い』という誉《ほ》め言葉も、今は悩むことなくすんなりと受け入れることができる。

恋人の口から出たその誉め言葉は、広生の耳にとても甘く響《ひび》いていた。


その日の夜、広生はまた予知夢を見た。

私服の航平とふたり並んで、見覚えのないキッチンに立って料理している夢だ。

(これは、休日の夢だよな)

キッチンの窓から見える風景は、まだ明るかった。

予知夢を見てから現実になるまでの期間は一週間以内。

ということは、今度の休日にあんな風にふたりしてキッチンに立つことになるのだろうか？

(さすがにこれは、堀田さんには言えないな)

こんな予知夢を見たことを言ったりしたら、そのせいで今度の週末にその予定が入ってしまいかねない。

それでは予知夢に操《あやつ》られているみたいで気持ち悪いし、休日にデートしたいとこっちからせっついているように思われかねない。

(……デートしたい、ような気もするけど)

昨夜みたいにトイレに引っ張り込まれてキスされたり、こそこそと声をひそめて会話するんじゃなく、ちゃんと恋人同士としてふたりきりでゆったりまったりしてみたい。

今まで誰ともちゃんとつき合ったことがないから、そんな恋人同士の時間を経験することに興味もあった。

だから広生は、その日の夕食の際、はっきり航平に聞いてみた。

つき合うことに了承《りょうしょう》はしたけど、その後、どういう風につき合っていったらいいのか経験がないからわからない。だから、教えて欲しいと……。

「実は俺も、あんまりちゃんとしたつき合いってしたことがないんですよね」

意外にも、航平はちょっと困った顔になる。

「堀田さん、かなりもてるって聞いてますけど?」

「まあ、自分で言うのも変だけど、もてることはもてるんですが……。だから、余計にちゃんとちゃんとつき合ったことがないというか、一足飛びに関係が進んでしまうというか……」

「一足飛び?」

ぴょんとどこまで関係が進んでいくのだろう?

広生にはわからないのでじっと返事を待ったが、航平は気まずそうに苦笑《くしょう》したままだ。

「まあ、そこら辺は焦《あせ》る気はないんで……。志藤さんのペースでゆっくりいきましょうよ」

「僕のペースと言われても……」

経験がないから、ペース自体がわからないのだ。

「じゃあ、なにかしたいことはないですか？」

困惑《こんわく》している広生に、航平が聞いてきた。

「俺と一緒《いっしょ》でないとできないこととか」

「堀田さんと一緒……。ああ、テニスをしてみたいです」

「それ、いいですね。テニスの経験はありますか？　なかったら、ルールから教えますよ」

「そういうのはいいんです。ただ、ラリーっていうんですか？　あの、ポーンポーンってのをやってみたいだけですから」

「試合は興味ない？」

「はい。勝負事って基本的に苦手なんで」

広生の返事に、「やっぱり可愛いな」と航平は嬉しそうな顔をした。

「じゃあ、近場でコートを探してみますね。ラケットはレンタルより、以前使ってたのが二本あるんで、ガットを張り替《か》えて……。さすがに今週末までは無理か」

すぐに計画を立ててくれようとするその気持ちが嬉しい。

「それなら、堀田さんは？　なにかしたいことはないですか？」

「俺ですか?……俺は、やっぱりあれですね」

あれ、の意味がわからず、「どれですか?」と広生は生真面目《きまじめ》に聞き返した。

「志藤さんの手料理が食べたいです」

「僕の?……ああ、それでか」

(そういう流れなんだ)

この流れに乗れば、自然にあの予知夢は現実になるのだろう。

「なにか?」

「あ、いえ。……その……例の予知夢を見る癖《くせ》がまた出て、その中で僕と堀田さんが僕の知らないキッチンに並んで立っていたから」

「へえ、そうなんですか……。それ、いいですね」

きっとそれ、家のキッチンですよ、と航平も乗り気だ。

「次の土曜日に家に来てくださいよ」

いいでしょう?　とちょっと甘えたように聞かれて、広生は迷わず頷《うなず》いた。

☆

土曜日はちょっとだけ寝坊《ねぼう》した。

前の晩、なんとなくうきうきしてなかなか寝つけなかったせいだ。

（こんなのはじめてだ）

大事な試験の前日に緊張《きんちょう》して眠《ねむ》れないことならあったが、次の日が楽しみで興奮するあまり眠れないなんて……。

世の中の恋人《こいびと》同士は、みんなこんな風に楽しい気分になっているのだろうか？

街中で堂々といちゃつく高校生達を見て、あれはいかがなものかと以前は首を傾《かし》げたりもしたが、今なら仕方ないかなと許してしまえそうだ。

ちゃんとしっかり朝食を食べる派の広生は、慌《あわ》ただしく朝食を食べてから、いつものように顔を洗い、パジャマから服に着替《きが》える。

（……って、スーツは違《ちが》うか）

いつもの癖でスーツに手を伸《の》ばしかけ、そんな自分の間抜《まぬ》けさに苦笑しながら休日用のジーンズを手に取る。薄手《うすで》のVネックのセーターを着て、朝晩は少し涼しくなってきたから、念のために肩掛けのバッグの中に薄手のブルゾンを詰《つ》め込んだ。

外に出た広生は、黒縁《くろぶち》眼鏡を外してバッグに入れると、裸眼《らがん》で空を仰《あお》いだ。

初秋の土曜日、真っ青な高い空の中にぽつぽつと白い雲が浮《う》かんでいて、爽《さわ》やかな風も吹《ふ》いて気持ちのいい天気だった。

（一年で一番好きな季節だ）

厳しい夏の暑さが一段落して、ほっと深呼吸できて安らげる季節。

春も悪くはないが、長い冬を終え、夏に向けて勢いを増していく若葉の旺盛《おうせい》な生命力が強すぎるような感覚がある。その点、秋は穏《おだ》やかで優しいから好きだ。

眼鏡なしのまま少しぼやけた街を歩き、電車に乗って、航平の最寄《もよ》り駅まで行く。

待ち合わせ場所の改札に向かう途中《とちゅう》で、すでに到着《とうちゃく》済みの航平の姿が目に入った。

(さすが、目立つなぁ)

ブラックジーンズに胸元《むなもと》の大きく開いた黒のシャツ、そしてグレーのジャケット。

モノクロで統一されていて、アクセサリーなどの光り物は一切《いっさい》身につけていないのに、長身でスタイルのいい航平の姿はなにやらナチュラルにキラキラしていて、眼鏡なしのぼやけた視界の中でもやたらと目立つ。

「広生さん、こっちこっち」

その目立つ人が、こっちに向けて嬉《うれ》しそうに手を振《ふ》ってくる。

(広生さんって……)

いきなりはじめて名前を呼ばれたうえに、航平の呼びかけに気づいた人達の興味を引いたのか、ジロジロ見られて焦った広生は慌てて航平に駆《か》け寄って行った。

「お、おはようございます」

「はい、おはようございます。——広生さんって、伊達《だて》眼鏡だったんだ」

「違います。たまたま外してただけで……」

バッグから眼鏡を出してちゃっと装着すると、「いつもの広生さんだ」と航平が微笑む。

「コンタクトは試《ため》してみないの?」

「考えたことないです。眼鏡で充分《じゅうぶん》に間に合ってるし、取り立ててコンタクトにしなくちゃいけない理由も思い当たらないので」

「ふ〜ん、ちょっともったいないような気がするけど……。でも、そうだな。眼鏡のないレアな顔をみんなに見せることもないか」

「レア？……眼鏡がないと違和感《いわかん》ありますか？」

「そんなことないよ。素朴《そぼく》な感じがして可愛《かわい》い」

（……素朴？）

可愛いというのが誉《ほ》め言葉なのは間違いないが、素朴というのもそうだろうか？

思わず考え込んでいると、「さっそく買い物に行こう」と航平に促《うなが》された。

「あ、はい。ちゃんとメモも持ってきました」

広生は歩き出しながら、ポンとバッグを叩《たた》いた。

バッグの中にあるメモには、今日買うべきものがあれこれ書いてある。

普段《ふだん》は自炊《じすい》しないという航平の家には、料理に必要な最低限の調味料などもないようなので、事前に必要そうなものをきちんとメモっておいたのだ。

料理を作りに行くのならその前に事前調査を、と唐突《とうとつ》に言い出した広生を面白《おもしろ》がってくれた航平は、快く協力してくれて、もちろんそのときに航平の希望のメニューも聞いておいた。

航平の希望は煮《に》込みハンバーグ。

これは広生もけっこう好きだし、冷凍《れいとう》保存も利《き》くしで、頻繁《ひんぱん》に作る得意料理でほっとした。

「広生さんって、そういうとこ本当にしっかりしてるよね」

「苦手なことも多いんで、得意なことはそのぶんだけしっかりこなそうと思ってるんです。——それより、あの……急にどうしたんですか？」

「なにが？」

「名前の呼び方が変わったから……」

ついでに、口調もぐっとフレンドリーになっている。

「ああ、折角《せっかく》のデートなんだし、そのほうが恋人らしくていいだろ？　広生さんも俺のこと名前で呼んでよ。俺のフルネーム知ってるよね？」

期待に満ちた目で促され、広生はちょっと頬《ほお》が温かくなった。

(て、照れくさい)

関係性が変わったから呼び方を変えるというのは理解できるが、実際にやるとなるとけっこう勇気がいるものらしい。

「えっと、じゃあ……、航平……くん」

「くん？　ああ、そっかあ。俺、年下だもんな」

「あ、駄目《だめ》でした？」

「逆だよ。嬉しい。——広生さんとこんな風に親しくなりたいって、ずっと思ってたからさ」

(ずっと？)

ずっと、という表現は、それが長期にわたる場合に使うものだ。

（ってことは、いつから僕のこと、好きになってくれてたんだろう？）

指導員になってくれてからはまだ半月程《ほど》しか経《た》っていない。

それ以前には、言葉を交《か》わす機会など滅多《めった》になかったのに……。

（僕が気づいてなかっただけで、ずっと見ててくれてたのかな？）

地味で目立たない自分のことを……？

考えるだけで、なんだかまた頬が温かくなってきて勝手に口元も緩《ゆる》んできた。


航平の家のキッチンは夢で見た場所そのままだった。

予知夢と同じように、手伝うという航平とふたり並んでキッチンに立ち、一緒に料理を作る。

煮込みハンバーグとつけ合わせの野菜類にサラダとスープ、近所のパン屋さんで買ってきたデニッシュというメニューだ。

買い物に時間がかかったり、包丁の持ち方や野菜の切り方を航平に丁寧《ていねい》にレクチャーしたりしたせいもあって、完成したときにはすでに三時を過ぎていた。

「昼食兼《けん》夕食ってことで、軽く飲もうよ」

最初から用意してくれていたようで、航平が冷えたシャンパンを出してくる。

ピンク色のシャンパンは、広生の好みに合わせてほんのり甘く、一口飲むごとに勝手にむふっと口元がほころぶ。

そんな広生を眺《なが》めて、航平も目元を緩めた。

「料理は美味《おい》しいし、広生さんは可愛いし……。俺、幸せだなぁ」

テーブルに手をつき身を乗り出してきた航平が、ちゅっと軽く触《ふ》れるだけのキスをする。

(そ、それで、隣《となり》に座ったのか……)

テーブルセッティングする際、向かい合うように皿を並べようとしたら、こっちのほうがいいと、航平にはす向かいになるように並び替《か》えられていたのだ。

なんで？　と首を傾げていたのだが……。

(向かい側に座ってたんじゃ、遠すぎて気楽にキスできないもんな)

さすがに慣れてるなぁと、不意打ちのキスに狼狽《うろた》えながらも、妙《みょう》に感心してしまった。

「幸せだなんて……。航平くんは、ちょっと大袈裟《おおげさ》です」

それとも、街中でいちゃついているカップル達は、みんなこんな風に甘い言葉を囁《ささや》きあっているものなのだろうか？

(僕も言ったほうがいいのかな？)

考えてみたが、どうにも上手《うま》い言葉が思い浮かばない。

「そんなことないよ。俺はずっと、広生さんのこと好きだったんだから……」

「経理のフロアにいた頃《ころ》からってことですか？」

「そう。なんとかして俺のこと見て欲しくて、理由つけちゃ経理に顔出してたのに、広生さんはいっつもパソコン画面か書類ばかり見てて、俺のことなんか全然目に入ってなくてさ……。もうひとりの経理の子とは噂《うわさ》になってたし、俺、けっこう焦《あせ》ってたんだ」

「もうひとりって……、佐藤《さとう》さんのこと？」

経理にいた頃の同僚《どうりょう》の名前を言うと、航平は拗《す》ねたような顔で頷《うなず》いた。

「かなり仲良かったみたいだけど、あの子とは、なにもなかったんだよね？」

「ないです。全然ない」

経理の佐藤は、広生とちょっと似たところのある生真面目《きまじめ》な女性で、一緒《いっしょ》に仕事するのがとても楽だったし、友達と言ってもいいぐらいの親しさではあるが、それ以上の関係はない。

「これは内緒《ないしょ》ですけど、佐藤さんには大学時代から続いてる彼氏がいるんです。だから、僕とはなにも……。噂になってるなんて、全然知らなかったなぁ」

「本当に？　会社の飲み会とかで、みんな気を遣《つか》ってわざと隣同士にしてたぐらいなのに？」

「ああ、あれって、そのせいだったんですか」

確かに忘年会《ぼうねんかい》などの行事では、必ず佐藤と隣同士の席にされていた。

ふたりとも対人スキルが低いので、一緒でよかったねと微笑《ほほえ》みあっていたものだが、傍目《はため》から見ると、その仕草も違《ちが》った風に見えていたのだろうか？

「全然気づかなかった」

びっくりして困惑《こんわく》する広生を見て、航平はほっとしたようだった。

「本当になにもなかったみたいだね」

「うん、ないです。……むしろ噂になってたなんて、佐藤さんになんか申し訳ないぐらい」

「そうでもないんじゃない？　考えようによっちゃ逆によかったよ。俺にとってもね」

「どうしてですか？」

「佐藤さんにとっては広生さんの存在が虫除《むしよ》けになっただろうし、広生さんにも変な虫がつかずに済んだから」

「虫？　あのフロアには虫なんていなかったけど……」

困惑して首を傾《かし》げる広生を見て、航平はぷっと楽しげに吹《ふ》き出した。


お酒に弱いことは自覚していたのに、出されたほんのり甘いシャンパンの口当たりのよさについ飲みすぎてしまった。

料理も酒もなくなる頃には、すっかり酔《よ》ってしまって足腰《あしこし》が立たなくなっていた。

とはいえ、例のごとく酔っているのは身体だけで、思考のほうははっきりしている。

「お皿……洗わないとぉ」

放置しておくと汚《よご》れがこびりついて洗うのが大変になると、呂律《ろれつ》の回らない唇《くちびる》で必死に訴《うった》えたら、楽しげに微笑んだ航平によしよしと頭を撫《な》でられた。

「広生さんはソファで休んでて。作ってもらったんだから、片づけは俺がやるよ」

ほら、こっちと、脇《わき》を抱《かか》えられるようにして隣の部屋のソファに移動させられ、またよしよしと頭を撫でられる。

（酔ってるけど、酔ってないのに……）

ひとり取り残された広生は、ぐるっと部屋を見回した。

（面白《おもしろ》い部屋だな）

航平の部屋は基本的に仕切りのない長くて広いワンフロアだった。

普段は料理しないから開け放しているらしいのだが、今は部屋全体に料理の匂《にお》いがいかないようにとアコーディオンカーテンで仕切られている。

仕切りの向こう側がリビングダイニング、こっちは寝室《しんしつ》兼私室といった雰囲気《ふんいき》で、背の高い棚《たな》で目隠《めかく》しされた奥のほうにはベッドの足元がちょっとだけ垣間見《かいまみ》える。

（今、あそこで横になったら気持ちいいだろうな）

酔いでくらくらする身体をベッドに横たえたい欲求に駆《か》られた。

だが、さすがにそんな図々《ずうずう》しい真似《まね》はできないので、ちょっとだけ……とソファに上半身を横たえる。

「……あ～、飲みすぎたぁ」

酔っているのは身体だけで頭はしっかりしていると自分では思っていたが、人の家のソファで勝手に横になってしまえるあたり、実はかなり本気で酔ってしまっているのかもしれない。

でも、気分は悪くない。

（この部屋でいつも生活してるのか）

目の前にあるのは大きなテレビ、その脇には観葉植物が置いてあって、背の高い棚にはDVDや雑誌の類《たぐい》が並べられ、開いた棚にはお洒落《しゃれ》なオブジェも飾《かざ》られていた。

飾り物を一切置《いっさい》いていない自分の部屋とはまったく違うと、自然に笑《え》みが零《こぼ》れた。

なんだか瞼《まぶた》がむず痒《がゆ》くて、掻《か》こうとして手を上げたらふわっと柔《やわ》らかな髪《かみ》に手が触《ふ》れた。

「——え？」

自分のとは違う、軽くウェーブのかかった髪の手触《てざわ》りに広生は思わずビクッと手を引き、同時に目を開ける。

その途端《とたん》、視界いっぱいに広がったのは、微笑みを浮《う》かべた航平の顔。

しかも、どうやら自分の頭は航平の膝《ひざ》の上に乗っかっているようだ。

（なんで膝枕《ひざまくら》？）

わけのわからない状況《じょうきょう》に、広生はパニックに陥《おちい》ってただ硬直《こうちょく》した。

「おはよう」

「……お、おはよう……ございます」

（どういうこと？）

なんでこんなことになっているのかと記憶《きおく》を漁《あさ》ってみたが、まったく思い当たる節がない。

「えっと……あの……なんでこんなことになってるんですか？」

「あ、膝枕のこと？　これは俺が勝手にやったんだよ。皿洗って戻《もど》ってきたら、広生さんぐっすり眠《ねむ》ってたから、そうっと身体を持ちあげてね。広生さんの寝顔《ねがお》があんまり可愛《かわい》すぎて、

色々悪戯《いたずら》しちゃった」

「……い、色々？」

って、なにをしたんだろう？　と疑問に思ったが、それ以前に酔っていたとはいえ人様の家で勝手に寝てしまった自分に思い至り焦る。

「あ、すみません。僕、寝ちゃってて……」

身じろぎして起き上がろうとしたら、航平がひょいっと抱《だ》き起こしてくれた。

「気にしないで。俺が飲ませすぎたのが悪いんだから……。――酔いは醒《さ》めた？　気分は？」

「あ、もう大丈夫《だいじょうぶ》です」

外されてテーブルの上に乗っていた眼鏡を見つけてかけてみた。

起き上がったときちょっとだけくらっと来たが、酔っぱらい特有のあの浮遊感《ふゆうかん》はなく、視界も頭もすっきりしている。

「あ、じゃあさ。手料理のお礼に、デザートを用意してたんだけど、食べられるよね？」

広生が頷くと、航平はいそいそとキッチンからアイスティーとケーキ屋さんの包みとをそっくり持ってきた。

「ピンクグレープフルーツのジュレなんだけど、どうかな？」

「大好きです！」

はいどうぞと、直接ジュレとスプーンを手渡《てわた》され、ひとすくいしてぱくっと一口。

（……美味しい）

よく冷えたジュレのぷるっとした柔らかな舌触りに、広生はむふっと口元をほころばせる。酸味《さんみ》と微《かす》かなほろ苦さがさっぱりしてて、気分もしゃきっとしてくる。

「僕、どれぐらい寝てました？」

「ん？　そうだな。五時間ぐらい？」

「そ、そんなに!?　すみません」

どうりで酔いも醒めているわけだと広生は焦《あせ》った。

「だから気にしなくていいって。俺も楽しかったし……」

（楽しかった？）

どういうことだろう？　とジュレを食べつつ、広生が内心で首を傾げていると、「今日、泊《と》まってくよね？」と航平が当然のことのようにさらりと言った。

「は？……あ、いえ、もう充分《じゅうぶん》寝ちゃったんで、これ以上寝なくても大丈夫です」

自分でもわけのわからないことを言ってるなぁと思ったが、航平には受けたようでぷっと笑われた。

「寝ちゃったって……。でも、ほら、もうこんな時間だし」

航平が、広生の頭上を指差す。

「え？」

思いっきり首を後ろに曲げて見上げると、窓の上の壁《かべ》に時計がかかっていて、時刻はすでに十二時を回っていた。

「今からじゃもう終電間に合わないよ。泊まっていきなよ」

「はあ……でも、迷惑《めいわく》じゃないですか？」

「とんでもない。俺は少しでも長く広生さんと一緒《いっしょ》にいたいんだ。だからむしろ大歓迎《だいかんげい》。――お願いだから、泊まってってよ」

ごく自然な仕草で肩《かた》を抱き寄せられ、ちゅっと耳元にキスされた。

（さすが、慣れてるなぁ）

目に眩《まぶ》しい爽《さわ》やかなイケメンが、甘えたように見つめてくる。

あまりにも現実感がなさすぎて、広生はなんだか恋愛《れんあい》映画でも見ているような気分になった。

（映画だと、この後、どうなるんだっけ？）

恋人《こいびと》同士が一緒にディナーを食べ、ごく自然な流れで同じ部屋に泊まる。

その場合、高確率で次のシーンは濡《ぬ》れ場になることが多いような気が……。

（……あれ？　もしかして、今もその流れ？）

航平は、そういう意味で泊まってってよと言っているのだろうか？

（ぜ、全然考えてなかった）

キスぐらいならするだろうなとは思っていたが、それ以上の行為《こうい》は予想外。

混乱した広生は、手に持ったままのジュレの残りを黙々《もくもく》と食べた。

（ああ、美味《おい》しい。……でも、どうしよう）

この場合、どんな風に振《ふ》る舞《ま》うべきなんだろう？

心の準備をしてこなかったから、キス以上に進むのはちょっと許容範囲外《はんいがい》だ。

でも、だからといって、タクシーで帰ります、だなんて唐突《とうとつ》に言ったりしたら、航平が気を悪くするんじゃないか？

混乱している間に食べ終えてしまい、テーブルに空になったカップを置くと、「俺のも食べる？」と航平のぶんを差し出された。

「いえ、一個で充分です」

「そう？　じゃあ、食べさせてよ」

「食べ……させる？」

「うん。そのスプーンでいいからさ」

またしても混乱してしまったが、「早く」と促《うなが》されるままに手が動いた。

ぱくっとスプーンに食いついた航平は、にこっと嬉《うれ》しそうに笑った。

「うん。広生さんに食べさせてもらうと、余計に美味しく感じる」

「そうですか？」

「うん。――もっと」

「はい」

促されるまま、次々ジュレをすくって口の中に放り込む。

嬉しそうににこにこしている航平を見ていると、混乱していた広生の口元にも自然に笑みが浮かんだ。

「堀……じゃなくて、航平くんは甘えるのがお上手ですね」

「広生さんも、もっと甘えてよ」

「はい？」

「甘えたり、我が儘《まま》言って。俺相手に気を遣《つか》うことないいんだよ？　ひとりで困ってないで、思ってることちゃんと口に出して言ってみて」

（ああ、そっか……）

どうやら航平は、困惑《こんわく》しきっている自分を見るに見かねて、救いの手を差し伸《の》べてくれているようだ。

気遣いを無下にするのも無礼だろうと、広生は意を決して口を開いた。

「泊めてもらえるとありがたいですが……。でも、その……それ以上のことはちょっと、まだ」

「無理なんだよね？」

航平が、広生の言葉を先取りして言った。

「大丈夫、わかってるから……。前にも言ったけど、焦る気も無理強《むりじ》いする気もないんだ。だから、安心して甘えてくれていいよ」

ね？　と宥《なだ》めるように微笑《ほほえ》みかけられる。

生真面目《きまじめ》で不器用な自分を、そっくりそのまま許容してもらえたようで広生は嬉しかった。

焦る気も無理強いする気もないけど、同じベッドで寝《ね》るのはさすがに厳しいから自分がソファに寝ると航平は言った。

家主に窮屈《きゅうくつ》な思いはさせられないと広生が拒《こば》んだら、だったらじゃんけんで決めようかと三回勝負で勝敗を決めることに。

結果は広生の三連敗、勝者の命令で広生がベッドで寝ることが決定した。

お風呂《ふろ》の順番でもまた揉《も》めて、やはりじゃんけんで順番を決めた。

今度は広生が勝ったので、家主の航平に先にしてもらうことにした。

（どこもかしこも綺麗《きれい》にしてあって、気持ちいいな）

二番目風呂をいただいた広生は、湯船に浸《つ》かりつつ感心してしまう。

決してあら探しをするつもりはないが、部屋の掃除《そうじ》具合は性格上どうしても自然に目に入る。

キッチンは普段《ふだん》使ってないというから綺麗なのは当然としても、突然《とつぜん》泊まることになったのにバスルームがとても綺麗なのは、普段からまめに掃除しているからだろう。

（綺麗好きで、甘え上手か……）

今日一日一緒にいて知った航平の一面は、広生にとってとても好ましいものばかりだ。

困惑するとつい黙々と食べることに集中して自分の中に籠《こ》もってしまう広生を、笑って許容してくれるところもポイントが高い。

（………好きだなぁ）

ごく自然にそんな気持ちが湧《わ》いてきて、ひとりで赤面してしまった。

航平に押されて流されるままつき合うことになってしまっていたけど、この流れに乗ったのは正解だったんだと今さらながら思う。

(予知夢を見るまで、全然意識もしてなかったのに……)

キスをされた予知夢を見てちょっと意識するようになって、一緒にキッチンに立つ予知夢を見たからこうしてすんなり家に訪《おとず》れる気になった。

もしも抱《だ》き合っている夢を見たら、キス以上のこともすんなり受け入れる気持ちになれるんだろうか？

(なんか、それは嫌《いや》だな)

それでは、まるで予知夢に操《あやつ》られているみたいだ。

自分の人生にとって重要な事柄《ことがら》は、自分の意志で決めたい。

(夢を見る前に、自然にそんな気持ちになれればいいけど……)

生真面目にそんなことを考えながら風呂から上がり、航平に借りたパジャマがわりのTシャツとスエットのハーフパンツに着替《きが》える。

(さすがに大きいな)

普段からきっちりとサイズのあった服しか着ない広生は、肩がずり落ちそうになる収まりの悪い大きめの服を持て余しながらバスルームを出た。

そしてリビングに戻《もど》ると、広生の姿を見た航平が「うわぁ」と目を丸くする。

「な、なんですか？」

（どこか変なのかな？）

なにか妙《みよう》な着方でもしているのかと、広生は慌《あわ》てて自分の身体を見下ろす。だが変なところは見当たらず、だったら髪《かみ》の毛かなと頭を触《さわ》ってみたが、濡れているだけで特に跳《は》ねていたりはしなかった。

もう一度航平に視線を向けると、航平はさっきと同じ表情で固まったままだ。

「航平くん？」

歩み寄って行って、目の前で手をヒラヒラさせたら、いきなりその手を引っ張られて抱き締《し》められた。

「広生さん、可愛《かわい》い！」

「はい？」

「眼鏡がないうえにダブダブのTシャツ着てると、まるで高校生みたいだ。正直言って俺、広生さんの外見は気にしてなかったけど、まさかこんなに可愛いなんて……」

ソファに座っていた航平の上に、半ば乗っかるような奇妙《きみよう》な体勢で抱きすくめられて正直苦しかったが、それ以上に航平の言ったことが気になった。

「僕の外見、気にしてなかったんですか？」

爽やかな航平と地味な自分とでは釣《つ》り合いが取れないと思っていただけに、ちょっとびっくりだ。

「外見なんて、慣れればどれも一緒だから……。問題は中身。広生さんは壮絶《そうぜつ》に個性的だし、やることなすこと可愛いし……。なのに外見も可愛いなんて、ああ、もうたまらないな」

（壮絶に個性的？）

それは、果たして誉《ほ》め言葉に当たるのだろうか？

よくわからないが、航平が自分のことをすっごく可愛いと思ってくれていることだけは、素《す》直《なお》に伝わってくる。

（こういうのはじめてだ）

予知夢絡《がら》みの件でセラピストに連れて行かれて以来、自分を信じてくれなかった両親に対してちょっとだけ壁《かべ》ができてしまっていたし、対人スキルが低いから腹を割ってつき合えるほどの親友もできなかった。

どんなに親しい相手でも一線を引いたところがあったから、こんな風にぎゅうっと力ずくで抱き締められたり、手放しで誉めてもらったりしたことがない。

（なんか照れる。……けど、嬉しいな）

こんなに可愛いと思ってもらえているなんて……。

なんだか抱き締め返してあげたくなった広生が腕《うで》を動かそうとして身じろぎしたら、ハッとしたように航平の腕から唐突に力が抜《ぬ》けた。

急に解放された広生は、その反動でそのままぺたんと航平の前の床《ゆか》に尻餅《しりもち》をつく。

「ご、ごめん。俺、つい夢中になっちゃって……」

「僕なら平気です」

むしろ、急に身体が離《はな》れてしまって、なんだか少し寂《さび》しいぐらいだ。

気にしないでください、と航平を見上げて微笑みかけると、航平は弾《はじ》かれたように慌ててキッチンのほうを向いた。

「広生さん、ごめん。今すぐ、その棚《たな》の向こうに消えてくれる？」

指差された棚の向こうはベッドで、ソファからは半ば死角になっている。

「いいですけど……。どうしてですか？」

「焦《あせ》る気はないとか言った手前恥《は》ずかしいんだけどさ。見えるところにいられると、ちょっと我慢《がまん》できなくなりそうだから……」

(……我慢)

たぶん、同年代の男性陣《じん》に比べれば、そっちの欲求は枯《か》れているほうだとは思うが、それでも広生だって男だ。航平の言いたいことはなんとなくわかる。わかるが……。

(僕相手に？)

本当に、そんなことってあるんだろうか？

純粋《じゅんすい》な好奇心《こうきしん》と、それ以上にもしそうなら嬉しいなという期待感から、広生はわざと航平の視線の先にすすっと移動してみた。

「広生さん、なにやってるんだよ？」

ぴたっと視線を合わせると、航平が泣き笑いのような顔になる。

「さっきの、冗談《じょうだん》じゃないんだよ？　頼《たの》むからさ、広生さんから嫌《きら》われるようなことを、俺にさせないでよ」

（嫌うかな？）

キスされてもハグされても嫌じゃなかった。

強く抱き締められて苦しかったけど、放して欲しいとは思わなかったし……。

「たぶん、嫌わないと思いますけど？」

というか、なにをされても嫌えないだろうなという確信だけはある。

「……ほんとに？」

「はい」

広生が深く頷《うなず》くと、航平はソファから立ち上がり、今度は恐《おそ》る恐るといった風にそうっと抱き締めてきた。

「男同士のセックスに対する知識はある？」

「はい、たぶん……ですけど。以前、同性愛をテーマにした洋画のＤＶＤを見たとき、理解するために色々と調べたので……」

「映画理解するのに、そこまで調べるんだ。そりゃ時間かかるわけだ」

さすが広生さん、と航平が耳元でぷぷっと笑う。

くすぐったくて、広生はちょっとだけ肩《かた》をすくめてしまった。

ベッドに移動してから、「なにもかもはじめてなので、よろしくご指導お願いします」とベッドの上に正座して律儀《りちぎ》に頭を下げたら、「こちらこそ」と航平は笑いながら頭を下げ返してくれた。

「さて、男同士の場合、こういうものを使います」

そう言って航平が取り出したのは、潤滑剤《じゅんかつざい》のボトルとスキンだ。

「……………はい」

（そうだった。男同士の場合、アナルに入れるんだったっけ）

頭ではわかっていたが、現実に我が身に置き換《か》えて考えてみると、急に怖《こわ》くなってきた。

痛いかな？　そもそも入るのか？　とサアッと青ざめていると、また航平がぷぷっと笑う。

「大丈夫《だいじょうぶ》。無理強《むりじ》いはしないから。無理なようだったら、そう言って。途中《とちゅう》で止めるから」

「途中でって……。そういうのって、生殺しとかっていう状態になるんじゃないですか？」

「それも大丈夫。最後までしなくても気持ちよくなれる方法はいくらでもあるしね」

それじゃあキスから、と、航平が触《ふ》れるだけのキスをする。

「広生さんからもして？」

「あ、はい。……それじゃあ……」

まるっきり同じことをしたのでは芸がないような気がして、以前何度か航平にしてもらったように、重ねた唇《くちびる》からそうっと舌を入れてみた。

「ん？」

広生の目論見《もくろみ》に気づいた航平は嬉《うれ》しそうに目を細め、キスに応《こた》えてくれた。

（やっぱり気持ちいい。……キスが甘いって、本当なんだな）

人間の唾液《だえき》が甘いわけがないだろうに、どうしてそんな慣用句ができたんだろうとずっと不思議だったのだが、自分で経験してみるとこれがすんなり納得《なっとく》できる。

キスは確かに甘い。

（というか、キスしている自分自身が甘いのか……）

スイーツを食べたとき、我知らずむふっと口元がほころぶように、キスしていると身体がとろんと柔《やわ》らかく蕩《とろ》けていくような感じがある。

まるで自分自身が、カスタードクリームや生クリームになったような気分だ。

「広生さん、キス上手だね」

唇を離した航平が嬉しそうな顔で言う。

「ありがとうございます。でも、それなら、航平くんがお上手なんだと思いますよ。僕は、航平くんにしてもらったようにしてるだけですから」

広生は甘いキスで上気したままの頬《ほお》で答えた。

「それで、次はどうしたらいいんでしょうか？」

「広生さんは、ただ感じてくれてればいいよ」

努力します、と生真面目《きまじめ》に頷くと、航平はまた、ぷぷっと笑いつつ唇を寄せてきた。

ゆっくりと唇を重ね、また深いキス。

そうこうしているうちに、航平の手が身体をまさぐりはじめた。

「……んっ……っ……」

Tシャツの上から乳首《ちくび》に触れられ、広生の身体がビクッと震《ふる》える。

「ここ、気持ちいい？」

「……なにか、ピリッとしました」

「それ、たぶん気持ちよくなる前触《まえぶ》れだよ」

もっと弄《いじ》らなきゃねと、航平は嬉しそうに耳元で囁《ささや》いて、Tシャツの下から手を入れてきて、指で乳首をつまんだ。

キュッと軽くつねられ、指先で弾かれて、またビクッと身体が震えた。

(これが、気持ちいいってこと？)

つねられてちょっとだけ痛いのに、それ以上にじんわりとなにか痺《しび》れるような感覚が身体に広がっていく。

「……んん……」

直接触れてくる指先や、Tシャツ越《ご》しに吸いついてくる唇。

甘嚙《が》みされ、布越しに舌先で乳首を転がされる。

執拗《しつよう》にそこだけ弄られていると、なんだか身体の芯《しん》がむずむずしてきて、じっとしてられない感じになってきた。

我慢できなくなった広生は、軽く身体をくねらせて航平の腕にぎゅっとしがみついた。

「ね？　気持ちよくなってきただろ？」

吐《は》く息がいつもより温かく、呼吸も少しだけ速い。

興奮しつつある自分を自覚して、広生は頷いた。

「……そう……みたいです」

「じゃあ、もっと気持ちよくしてあげる」

Tシャツを脱《ぬ》がされ、同じく上半身裸《はだか》になった航平にベッドに押し倒《たお》された。

「広生さん」

航平は、広生の耳元でなんだか酷《ひど》く嬉しそうな声で名を呼び、ただぎゅっと抱き締《だし》めてきた。

ぴったり合わさった素肌《すはだ》が温かい。

(……人肌って、こんなに気持ちいいものなんだ)

ただ、それだけのことで広生はうっとりして目を閉じた。

広生としては、このまま抱き合って眠《ねむ》っても充分《じゅうぶん》満足できるぐらいだったが、航平からすれば、それでは当然物足りないのだろう。

やがて、再び深いキスを仕掛《しか》けてきて、火照《ほて》ったように熱い手の平で身体中《からだじゅう》をまさぐりだす。

その熱い手の平に撫《な》でられた肌から、さっきの乳首のときと同じようなじんわりとした痺れるような感じが身体中に広がっていって、広生の呼吸は勝手に速くなっていく。

(こういう気持ちよさって、はじめてだ)

ひとりで自慰《じい》をするにしても、広生は機械的にそこを擦《こす》るぐらいのことしかしていない。

快楽に対する興味も好奇心もなかったから、より気持ちよくなる方法を自分で探《さぐ》ることもしたことがなかった。

だから、生殖器《せいしょくき》以外の場所から快楽を得るなんてはじめての体験だ。

さっきから、身体の芯がむずむずと甘く痺れていて、覚えのある熱っぽさを腰のあたりに感じている。

（これで直接触《さわ》られたりしたら、どうなるんだろう？）

下着の中で形を変えつつある自分自身を自覚して広生は混乱し、同時に酷く興奮している自分に戸惑《とまど》いも感じていた。

「汚《よご》す前に脱がしちゃうね」

航平は、予告してから広生の服を最後の一枚まで脱がしていった。

（うわわっ）

下を脱がされてすぐ、広生はすかさず両手で股間《こかん》を押さえた。

「あ、あの……明かり消しませんか？」

煌々《こうこう》と明かりのついた部屋で、堂々とそこを晒《さら》すのはさすがに恥ずかしい。

同性同士なら平気な人達もいるようだが、広生は修学旅行の大浴場でも湯船に浸かるぎりぎりまでタオルでそこを隠す派だった。

「恥《は》ずかしがることないって……。俺は、広生さんがどんなでも、愛せる自信があるよ」

「それは嬉しいですけど……」

航平になにをされても嫌《きら》わない確信はあっても、羞恥心《しゅうちしん》はそれとは別物だ。

すっかり困って硬直《こうちょく》していると、航平は苦笑《くしょう》した。

「じゃあ、先に俺のを見てみる?」

そう言うと同時に、一気に下を脱ぐ。

「っと、広生さんは、ゲイじゃなかったんだよね? 男の身体に嫌悪《けんお》感は?」

「……嫌悪感だなんて」

航平を嫌《いや》がったりするわけないのにと、広生はこの質問を不思議に思った。

(ああ、そうか。普通《ふつう》は同性の身体に欲情したりしないから……)

もしかしたら、その気になれるかどうか先に確認《かくにん》してくれてるのだろうか?

それならちゃんと見なきゃいけないと、広生は律儀に航平のそこに視線をぴたっと定めた。

(………僕のより大きい)

だが、そこら辺は身長差もあるからしょうがないと、とりあえず自分を納得させてみる。

でも、すでに反応しかかっているのはなぜだろう?

などと生真面目に考えてから、はたと気づく。

(これって、僕に反応してるってこと?)

こんな自分でも、航平から見たらセクシャルな魅力《みりょく》があるってことなんだろうか?

そう意識した途端《とたん》、かあっと勝手に顔が熱くなった。

「広生さん、なんで急に顔を赤くしてるの?」

「え、あ……なんで、でしょう?」

顔が熱いだけじゃなく、どきどきと鼓動《こどう》まで激しくなってきた。

「自分でわからない？」

「わからないです。……こういう経験、はじめてですから」

（恥ずかしい、のとは違《ちが》うよな）

さっき自分のそこを見られるのが恥ずかしいと感じたときは、こんなにどきどきしなかった。

勝手に火照ってくる頬がなんだか恥ずかしくて、広生は思わず両手で頬を隠《かく》した。

その途端、航平の視線がすうっと下へ。

「なんだ。隠すからなにか問題があるのかと思ったのに、全然普通じゃないか。これなら、なにも恥ずかしがる必要なんてないよ」

凄《すご》く可愛《かわい》い、と、広生のそこを見た航平が嬉《うれ》しそうに言う。

（この場合の可愛いって……）

これは、誉《ほ》め言葉でいいんだろうか？

う〜んと悩《なや》んでいると、またキスされた。

「もう限界。続き、いいよね？」

甘えたように言われて頷《うなず》くと、またキス。

唇《くちびる》へのキスが頬へと移り、耳元から肩《かた》へと落ちていく。

「や、くすぐったいです」

くすぐったい肌への刺激《しげき》に首をすくめ、広生は小さく笑った。

やがて航平の唇が胸へと下り、乳首をちゅっと吸われると、笑い声は微《かす》かな喘《あえ》ぎに変わる。

心地好《ここちよ》さにうっとりして身体を預けていた広生だが、航平の唇が下腹部に下りていった所で、ふっと我に返った。

「そ、それは駄目《だめ》です」

フェラしようとしている航平を慌《あわ》てて止めた。

「どうして？　俺、上手《うま》いよ」

「上手くても駄目です。恥ずかしすぎて死にます」

見られるだけでも恥ずかしいのだ。

至近距離《きょり》でまじまじ観察されたり、直接舐《な》められたり咥《くわ》えられたりしたらと思うだけで、恥ずかしさに気が狂《くる》いそうになる。

「死んじゃうのか。それは困るなぁ」

「お願いだから、あんまりまじまじ見ないでください」

「う～ん。ちょっとだけ……駄目？　俺、広生さんをここで感じたいんだよね」

航平は軽く唇を開くと、ぺろっと自らの舌で唇を舐めた。

(うわわっ)

ちょっと甘えたような、それでいて扇情的《せんじょうてき》な表情に広生はかっと顔を赤くした。

「だ、駄目です。駄目駄目」

あの唇と舌で、あそこに触《ふ》れられることを想像しただけで、心臓が口からはみ出そうになるぐらい暴れ出す。

(本当に死んじゃうかも……)

　刺激が強すぎて、あまりにも初心者向きじゃない。

「む、無理強《むりじ》いはしないって、言いましたよね？」

　広生が涙目《なみだめ》で訴《うった》えると、航平はしょうがないなと苦笑して降参した。

「手で触るぐらいならいい？」

「……はい。あ、でも、やっぱりあんまりまじまじ見ないでくださいね」

「わかった。じゃあ、キスしながらしよっか……」

　俺ももう限界だし、と起き上がった航平に、腕《うで》を摑《つか》まれて起こされ、向かい合うような形で膝《ひざ》の上に乗せられた。

(これって、なんだか抱っこされてるみたいだ)

　背中に腕を回され、引き寄せられるまま、ちゅっとキス。

　そのまま航平の首に腕を絡《から》め、深いキスの心地好さに酔《よ》っていると、するっと航平の指先がそこに絡んできた。

「……ふっ……ん……」

　直接的な刺激に、ビクッと身体が震《ふる》える。

　反応しつつあったそれは、航平の手の中であっさりと形を変えていく。

「ね、広生さん。俺のも触ってくれる？」

「さ、触る⁉」

航平から甘えた声で耳元で囁《ささや》かれ、広生はまた真っ赤になった。

恐《おそ》る恐るふたりの腹の間を見下ろし、自分同様にすっかり形を変えている航平自身を見て、ビクッと慌てて視線をそらした。

「む、無理です。死んじゃいます」

「……気持ち悪いってこと？」

「そうじゃなくて、恥ずかしくて……」

「なんだ、照れてるのか。広生さん、可愛いな」

かぷっと耳を咥えられて、ビクッと身体が跳《は》ねる。

（な、なにがなんだか……）

形を変えた航平自身を見た瞬間《しゅんかん》、本当に口から心臓が零《こぼ》れるかと思った。

それに、可愛いと航平に囁かれた耳元から、じわあっと痺《しび》れるような甘さが広がっていって、身体の芯《しん》がまたむずむずする。

（も、もう限界かも……）

航平の手の中に握《にぎ》り込まれたそこが一気に張りつめ、じわあっと腰のあたりにまで甘い痺れが広がっていった。

解放されたい、という欲求に突《つ》き動かされるまま、広生は自ら腰を揺《ゆ》らして航平の手の平に自分自身を擦《す》りつけようとした。

が、ふっと航平の手の平が離《はな》れる。

「どうして？」

困惑《こんわく》して航平を見つめると、にっと笑い返された。

「一緒《いっしょ》にすると、けっこう気持ちいいよ」

再びそこをぎゅっと握られたとき、航平の手以外のものが触れている感覚があった。

びっくりして見下ろすと、航平の手の中には、広生だけじゃなく航平自身のそれも一緒に握られていた。

（うわわっ）

再びびっくりした広生は、慌てて顔を上げて、それを視界から隠すように航平に抱《だ》きついた。

（一緒って……）

男同士の場合、こういうこともするものなのか。

カルチャーショックに思考が停止した。

そうこうしている間も、航平の手の動きは止まらない。

ぎゅっと強く擦《こす》られる度《たび》、張りつめた航平自身の熱が強く感じられる。

「凄い。広生さんのも、もうぐちょぐちょだ」

興奮したような声を耳に吹《ふ》き込まれ、ぞくぞくっと背筋が甘く痺れる。

思考が停止した広生は、その声に煽られるように、そこから得られる甘い快感だけに支配されてしまっていた。

「あ……やぁ……ああ……」

ビクビクっと震えているのは、自分のそれか、それとも航平なのか。

なにがなんだかわからないまま、広生はただ痺れるように甘い快感に酔いしれていった。


「……っ」

後ろに感じたひんやりとした冷たさが、はじめてのことづくしでバーストしていた広生の理性を呼び戻《もど》した。

「あ……これ、なに?」

向かい合ったまま、広生の後ろに手を伸《の》ばしていた航平が微笑《ほほえ》む。

「潤滑剤《じゅんかつざい》。冷たかった?」

「少し」

「すぐに体温に馴染《なじ》むよ。……大丈夫《だいじょうぶ》、痛くしないから、少しだけ試《ため》させて」

恐る恐るといった風に、最初、航平の指が一本だけ入ってきた。

潤滑剤のお蔭《かげ》でぬるっとスムーズに入ってきて、全然痛みはない。

でも、なにか奇妙《きみょう》な違和感《いわかん》があった。

そうっと指がもう一本増やされ、ぬるっと内側を擦られるとビクッと身体が震えた。

「ここか」

航平が嬉しそうに言って、広生が反応した部分を更《さら》に強く刺激してくる。

「……んあっ……」

その途端《とたん》、ビクビクッと身体が甘く震えて、触れられてもいないそこに熱が溜《た》まっていくのを感じた。

「な……んで？」

自分の反応が理解できずに、広生は戸惑《とまど》った。

「ここ、前立腺《ぜんりつせん》だよ。知ってる？」

「……はい」

知識では知ってても、まさか我が身でその気持ちよさを体験することになるとは……。

「広生さんが感じられる身体でよかったよ。たまに、どうしてもこっちでは駄目だって人もいるからね」

航平はほっとしたように言ったが、「さすが、経験豊富ですね」と広生が何気なく言うと、ぎょっとした顔をした。

「経験豊富って？」

「大学時代に遊んでたって聞いたから」

「まあ、それはそうなんだけど……。でも、それは前の話だからね。広生さんを好きになってからは、誰《だれ》とも遊んでないから」

慌てて言いつのる航平を見て、広生は首を傾《かし》げる。

「別に、責めてるわけじゃないですけど」

「あ、そうなの?」

「はい。むしろ……その、僕、はじめてだし、経験豊富なほうがありがたいぐらいです」

広生が真面目《まじめ》に答えると、航平は少し戸惑ったような顔をした。

「嫉妬《しっと》してくれないんだ」

「嫉妬? どうしてですか?」

航平みたいな爽《さわ》やかイケメンがもてるのは当然だ。

そのことで嫉妬するのは、むしろ理不尽《りふじん》だろうと広生は思ったのだが……。

「いや。……今の広生さんにこれ以上を求めるのは欲張りか」

「欲張り?」

また意味がわからず首を傾げたのだが、「気にしないで」と少し悲しそうな航平にキスされてはぐらかされた。

「広生さん。続きもしていい?」

「はい。よろしくお願いします」

生真面目に返事をすると、航平はやっと小さく微笑んでくれた。


後ろを刺激《しげき》する巧《たく》みな航平の指先の動きで、広生は自分でもそれと意識しないまま一度達してしまっていた。

広生は、自分の身体になにが起こったのか理解しないまま、達《い》った衝撃《しょうげき》で弾《はず》む呼吸に胸を喘《あえ》がせながら、波のように身体中《からだじゅう》に広がっていく甘い気怠《けだる》さにぼんやりと浸《ひた》る。

「ねえ、挿《い》れてもいいよね？」

航平から少しうわずった声でねだられ、ぼんやりしたままで頷《うなず》く。

航平は手の平で温めた潤滑剤をもう一度広生のそこに塗《ぬ》り込めると、広生の両足を押し広げるようにして、ゆっくりと腰《こし》を進《すす》めてきた。

「……あ……う……」

ぐぐっと押し入れられて、指とは比べものにならない圧迫感《あっぱく》に勝手に声が漏《も》れた。

「広生さん、苦しい？　抜《ぬ》く？」

心配そうに聞かれて、ゆっくり首を横に振《ふ》る。

「へ……いき……です。……続け……て……」

苦しいけど、辛《つら》くはない。

身体の中にまだ残っているさっき指で達かされたときの強烈《きょうれつ》な快感の余韻《よいん》が、押し入ってくる航平の熱に呼び覚まされていくのを感じる。

広生の身体を気遣《きづか》って、航平がゆっくりゆっくり押し入ってくるのが焦《じ》れったいぐらいだ。

「動くよ。……辛かったら、言って」

やがて航平が動き出すと、さっきははっきりと自覚できなかった快感が、じわりと実感できるようになってきた。

「あ……いや……怖《こわ》い……。……なに、これ？」

「どうしたの？」

困惑して呟《つぶや》くと、航平が動きを止める。

「や、駄目《だめ》。……航平くん、動いて……。止めないで……」

怖い、と呟きながらも、航平にしがみつき、ねだる。

航平は戸惑いながらも、広生の願いを叶《かな》えてくれた。

「……あっ……ああっ。やあ……あっ……」

ぐっぐっと力強く突《つ》き上げられる度、我知らず甘い声が唇《くちびる》から漏れる。

なんの意識もしないまま、勝手に身体が動いて、汗《あせ》で滑《すべ》る航平の背中にしがみついていた。

「広生さん、気持ちいい？　気持ちいいんだよね？」

何度も耳元で聞かれて、広生はその度に頷いた。

「いい。いいです。……もっと……もっと、してください」

強く揺《ゆ》さぶられて、がくがくと身体が震《ふる》える。

喘ぎっぱなしでだらしなく開いた唇から零《こぼ》れた唾液《だえき》を、航平の舌が舐《な》め取り、そのまま深く口づけられる。

「ふっ……んんっ……」

熱い吐息《といき》と共に零れる喘ぎ声を唇で塞《ふさ》がれ、熱が身体の中に逆流するようだ。

身体中に荒《あ》れ狂《くる》う熱い感覚に我慢《がまん》できず、広生は自ら腰を揺らし、足を絡《から》めて航平を引き寄せる。

(……ああ、どうしよう)

微《かす》かに残った理性が、自らのあまりの乱れっぷりに慌《あわ》てふためいている。

みっともないんじゃないかと不安になって航平の表情を窺《うかが》ったが、航平もまた普段《ふだん》の爽やかさからは予想もつかないような欲に満ちた男臭《おとこくさ》い表情をしていた。

広生を見下ろすその目は、酷《ひど》く熱っぽい。

(大丈夫……なんだ)

自分を乱れさせているこの熱は、航平が与《あた》えているもの。

航平自身もまた、きっと自分のこの乱れっぷりに煽《あお》られているんだろう。

(ちゃんと僕で興奮してるんだ)

その事実を確認《かくにん》して、広生はほっと心から安堵《あんど》した。

この人になら、どんな姿を晒《さら》しても大丈夫。

安心した理性が、快感の熱い波にとろりと溶《と》けていく。

後はただ、熱く甘い濃密《のうみつ》な時間だけが続いていった。

夢も見ずに眠《ねむ》った翌朝、目が覚めてすぐ、視界に飛び込んできた航平の寝顔《ねがお》に、広生はぼんやりと見とれてしまった。

なぜか不思議なことに、航平のイケメン度が昨日よりずっと増しているように感じられる。

（寝てもイケメンだ）

長い睫毛《まつげ》に高い鼻梁《びりょう》、うっすらと開いた柔《やわ》らかそうな厚い唇がとても魅力的《みりょくてき》だと思う。

身体に巻きついた腕《うで》も足もすらりとしていて、広生とはワンサイズ以上長さが違《ちが》う。

昨夜は、この魅力的な唇で全身に触《ふ》れられて、あの腕に強く抱《だ》き締《し》められたのだ。

（なんか、実感が湧《わ》かないなぁ）

こうして間近で見ていても、航平は自分とはランク、というか人間のジャンルが違う人のように感じる。

外見も性格も完璧《かんぺき》なこの人の目には、この自分が可愛《かわい》く映っているらしいのだが、今さらながらなんでなのかなと不思議な感じがする。

（やっぱり、夢を見ているみたいだ）

とても幸せで、そして自分にとって、とても都合のいい夢。

抱き締められて幸せだったぶんだけ、今度は夢が醒《さ》めるのが怖くなってくる。

（航平くんが起きた後もちょっと怖いな）

恋人《こいびと》と同じ朝を迎《むか》えるというシチュエーションははじめてなだけに、どんな風に振る舞《ま》ったらいいのかがわからない。

朝の光の中、航平から昨夜の熱っぽさが消え失《う》せて、態度が変わったりしないだろうかと、ちょっと不安にもなる。

とりあえず、航平の眠りを覚まさないようにしようと、広生はそうっとベッドから出た。

（……うぅ、変な感じ）

夢見心地《ごこち》な気分の中、身体の芯《しん》に残る、痺《しび》れたように甘い違和感《いわかん》だけが妙《みょう》に現実的だ。

玄関《げんかん》のすぐ脇《わき》にあるバスルームでシャワーを借りて、昨日の服に着替《きが》えてから、また足音を忍《しの》ばせて部屋に戻《もど》り、そうっと窓を開けてベランダに出た。

「気持ちいい」

シャワーを浴びてもなお昨夜の火照《ほて》りが残った肌《はだ》に、初秋の早朝の風は心地好かった。

航平の住むマンションは住宅街の中では高い建物で、五階の部屋からは周囲がよく見渡《みわた》せる。

（あ、あそこ公園なんだ）

こんもりとした緑に覆《おお》われた、けっこう広い公園が見える。

散歩したら気持ちよさそうだと、ぼけっと眺《なが》めていると、ガタッバタッと部屋の中で急に騒《さわ》がしい物音がした。

（なんだろう？）

なんの騒ぎだと、恐《おそ》る恐るベランダの窓を開けて部屋の中に戻る。

その途端《とたん》、「ああ、広生さんがいた」と、やけにほっとしたような航平の声。

「いますけど？」

声のするほうを見た広生は、航平の姿にちょっとびっくりした。

「航平くん、その格好どうしたんです？」

シャツは片袖《かたそで》だけ腕を通し、ジーンズは引き上げる途中《とちゅう》だったのか、中途半端《ちゅうとはんぱ》に膝《ひざ》のあたり

でたぐまっている。

眠っているときには気づかなかったが、柔らかな癖毛《くせげ》は寝癖で爆発《ばくはつ》していて、とんでもないことになっていた。

いつも完璧な爽《さわ》やかイケメンにしては、ちょっとみっともない姿だ。

「こ、これは……。広生さんに逃《に》げられちゃったかと思って追うつもりで……」

かあっと恥《は》ずかしそうに顔を赤くした航平は、慌ててジーンズを引き上げた。

「僕が逃げるって、どうして？」

「いや……だから、その……。実際に男とやってみて、やっぱり嫌《いや》になっちゃったんじゃないかと思ったから」

「嫌になんてなってませんよ」

むしろ、幸せすぎて夢みたいに現実感がないと思っていたのだが……。

(でも、ちゃんと現実だった)

航平のちょっとみっともない姿を見られたことで、やっと地に足がついたような気がする。

ついさっきまでの広生は、航平のことを年下だけど将来有望な営業で頼《たよ》れる完璧な男だと思っていた。

でも、このみっともない姿が教えてくれる。

航平もまた、恋《こい》した相手の一挙一動に狼狽《うろた》える、普通《ふつう》の生身の男だと……。

しかも、彼がいま恋をしている相手は、この自分なのだ。

みっともなく狼狽えたこの姿がその証拠《しょうこ》。

航平とはじめてキスした日以来、夢の中に迷い込んだような現実感のない心持ちだったけど、なんだかやっとすっきり夢から覚めたような気分だ。

「昨夜は、夢みたいに凄《すご》く幸せでした」

「……本当に？」

「はい」

微笑《ほほえ》んで頷いた広生は、ボタンを留めている航平に歩み寄り、手を伸《の》ばして爆発している髪《かみ》の毛に触れてみる。昨夜散々抱き合って触れたはずなのに、なんだかはじめて生身の航平に触れたような気分で、ちょっとだけ指先が緊張《きんちょう》で震えた。

「この髪、毎朝どうやって直してるんですか？」

「シャワーで完全に濡《ぬ》らさないと直らないんだ。生まれつきの癖毛で苦労してる。——広生さんの髪は、朝からきちっとしてるね」

羨《うらや》ましいな、とちゅっと髪にキスされた。

「ありがとう」

（航平くんが、僕を羨ましがるなんて……）

自分が完璧じゃないから、相手が眩《まぶ》しく見えるし、羨ましくも感じられる。

そこは、きっと誰《だれ》だって一緒《いっしょ》なんだろう。

（外見ばっかり見てたのは、僕のほうか……）

外見なんて見慣れるからどうでもいいと航平は言ってくれていたのに、広生は爽やかなイケメンである航平の見た目にばかり気を取られて、航平自身をちゃんと見ていなかったのかもしれない。

「じゃあ、シャワーを浴びて、早く元のイケメンに戻ってください」

「その間に逃げたりしない？」

「そんなことしませんよ。……そうだ。航平くんがシャワーを浴びている間に、昨日の食材の残りで朝食を作っておきましょうか？」

「え、朝食も作ってくれるの？」

「もちろんです」

「やった！　じゃあ、急いでシャワー浴びて手伝うよ」

航平が、ぱあっと嬉《うれ》しそうな顔になって、バタバタとバスルームに消える。

（……可愛い）

急にやんちゃ小僧《こぞう》のようになった航平の後ろ姿を見ていたら、ごく自然にそんな思いが胸に湧いてきた。

（そっか……。可愛いって、男相手でも、本当に誉《ほ》め言葉なんだ）

はじめて、そんな風に実感した。

広生は、航平から何度も『可愛い』と言われたことを思い出して、むふっと幸せな気分で口元をほころばせた。

4

お泊《と》まりデートの日以来、航平はいつでもどこでも広生のことを『広生さん』と呼ぶようになった。さすがに広生のほうは、人前で『航平くん』とは呼べないので、社内では『堀田さん』で統一させてもらっている。

（……順調すぎて、ちょっと怖《こわ》いな）

一度身体の関係ができてからというもの、航平との親密度は飛躍的《ひやくてき》に増した。

というか、航平が以前よりずっと強気に接してくるようになったと思う。

今日も泊まってくよね？　と甘えた態度ながらも、決まったことのように断言してくるのだ。

連日のお泊まり要請《ようせい》に、恋人同士になるとみんなそうしてるものなのかな？　と、誰かとつき合うのがはじめての広生は内心で首を傾《かし》げていたりするが、決して嫌ではないので特に口に出して聞いてみたことはない。

キスの予知夢と、航平の強引《ごういん》さに流されるようにはじまった恋。

つき合いはじめた頃《ころ》はなんだかいつも夢心地だったけど、今では自分がちゃんと恋をしていると実感している。

対人スキルが低い故《ゆえ》に誰とも深い関係を築けずに生きてきた広生にとって、心も身体も繋《つな》がったこの濃密《のうみつ》な関係は、とろりと甘く強いお酒のようだ。

口に含《ふく》むとその甘さに口元が緩《ゆる》み、強すぎるアルコールのせいでふうっと熱い吐息《といき》が唇《くちびる》から零《こぼ》れる。その吐息に含まれるアルコールの香《かお》りにさえ酔《よ》ってしまって、いつでもくらくらしているような状態だ。

（みんなが恋したがる気持ち、やっとわかったような気がする）

いつの頃からか恋愛《れんあい》なんて自分には縁《えん》がないんだと、半ば諦《あきら》めるようになっていた。

街中ですれ違《ちが》うカップル達が、人前にも拘《かか》わらずべたべたしているのを見て、なんで恥ずかしげもなくあんなことができるんだろうと本気で不思議だったけど、今ならそれもなんとなくわかるような気がする。

きっとみんな、今の広生と同じようにくらくらと恋愛に酔ってしまっていて、ちょっとばかり理性がお留守になっている状態なんだろう。

一度この幸せな状態を経験してしまうと、代わり映《ば》えのない生活をずっと続けていた以前の自分の生活が、急に酷《ひど》くつまらないものに思えてきてしまうから不思議だ。

だが、人生なにもかもが上手《うま》くいくようにはできていないらしい。

営業に来て一ヶ月後、また航平と一緒に営業部長に呼び出され、「すまん」と謝られたのだ。

以前提案した広生の処遇《しょぐう》を上に話してみたところ、その感触《かんしょく》がよくなかったらしい。

営業として役に立たないのなら、会社には残せないとはっきり宣告されたのだとか……。

「そんな！　ちゃんと話をしてくれたんですか？」

俺も一緒に説得しに行きます、と部長に食ってかかる航平を、広生は慌《あわ》てて止めた。会社側だって、経営が厳しいからこそこんな人事異動をしたのだ。広生の有能さを数字でしっかり表せなければ、前言撤回《てっかい》することはないだろう。

情に流されては会社経営は成り立たない。

変に騒《さわ》ぎ立てて、営業部長と航平の評価にマイナスがつくのだけは避《さ》けたかった。入社してすぐ頭角を現し、あっという間に若手ナンバーワン営業にまでなってしまっただけに、航平は少しばかり苦労知らずのところがあるようだ。

広生は航平を引きずるようにしてデスクに戻《もど》り、上の意向に正面から嚙《か》みついたら駄目《だめ》だよと一生懸命《いっしょうけんめい》に説得した。

「それなら、期限内に一緒に実績を上げよう」

なんとか怒《いか》りを静めてくれた航平が、新しく目標を掲《かか》げてくれたときはほっとしたが、正直その案も上手くはいかないだろうと思った。

やる気になっている航平に水を差すのが嫌で、その場ではあえて言わなかったが……。

総務や人事と同じフロアにいる経理にいた頃の同僚《どうりょう》、佐藤は、広生絡《がら》みの一件を仕事中に小耳に挟《はさ》んでいるらしく、こっそり営業のフロアまで訪ねてきてくれた。

彼女は、自分ひとりが経理に残ったことを、どうやらずっと申し訳なく思ってくれていたらしい。思い詰《つ》めたように暗い顔をしていた。

「大丈夫《だいじょうぶ》ですか？　なにか私に協力できることがあったら言ってくださいね」

「ありがとうございます。大丈夫……とは言い難《がた》いけど、でも平気です。環境《かんきょう》が変わって、色々と今までの自分に足りなかったこととかもわかるようになったし、最終的にどんな結果になっても後悔《こうかい》しないよう、とりあえず自分なりのやり方で頑張《がんば》ってみます」

律儀《りちぎ》にお礼を言って、そんな風に心境を話すと、長く一緒に仕事をしていただけあって佐藤はすんなりわかってくれたようだった。

「志藤さん、なんだか前よりずっと明るくなったみたい」

「でしょう？　営業の人達ってみんな積極的で明るいから、少し影響《えいきょう》を受けたみたいです」

「そうなんですか……。変化するのって悪いことばかりじゃないんですね」

なんだか不思議そうにぽつんと呟《つぶや》いて、少し明るくなった顔で自分のフロアに戻《もど》って行く。

（佐藤さんには、ああ言ったけど……）

営業としてやっていくのは、冷静に考えると、やっぱり難しい。

色々と我慢《がまん》した挙げ句、鬱病《うつびょう》にでもなって再スタートの時期がぐっと後ろにずれ込んでから後悔するより、思い切って方向転換《てんかん》するのもひとつの道だとも思う。

（これだって、前向きな考えには違《ちが》いないよな）

無理に現状にしがみつくより、自分自身の未来の可能性に対して前向きでありたい。

そんな風に広生は考えた。

（とりあえず今は、この会社でできることをやっておこう）

以前は、立つ鳥跡《あと》を濁《にご》さずとばかりに、潔《いさぎよ》く会社を辞《や》めることばかり考えていた。

でも今は、残された期間でこの会社のためになることをやっておきたいと思う。突然《とつぜん》の異動に困惑《こんわく》していた広生に親切にしてくれた営業達や航平のために、なにか置きみやげを残していきたいのだ。

ソフトの教則本を読みもせず、データ集計を苦手がっている営業達のために、ソフトの操作法のノウハウを、わかりやすく手に取りやすい資料として残していく。プレゼンのための資料作成も同様に、より見やすい資料のひな形とその作成方法を見本として数種類作っておく。

（航平くんには、個人レッスンかな）

航平には、この会社に残るためだけに、無理をしてまで営業を続けたくないという広生の考えを何度か話してみたのだが、まだいまいち納得《なっとく》してくれていないようだ。

仕事の向き不向き云々《うんぬん》は置いておいて、とりあえず広生と同じ会社で働きたいと思ってくれているようで、なんとかして広生が生き残れる道を探《さが》すからと言い続けている。

その気持ちは嬉しいし、それは無理だと頭から否定するのも申し訳ないような気がするから、今のところは無理に話し合いの決着をつけず平行線のまま。

それでも、自分でやるより見やすいし早いと広生の仕事を単純に喜んでくれている航平に、自分でもその程度のことはやれるよう、データ管理のノウハウを教え込んでおきたい。

なので、週末のテニスは当分お預けにして、航平の部屋で表計算ソフトなどの個人授業をしたいと言ってみたところ、「広生先生の個人レッスンかぁ。それ、いいね」と予想外に大喜びされてしまった。

なにがそんなにいいのか広生にはわからなかったが、ほっと一安心だ。

(先生って響《ひび》きがいいのかな?)

郷愁《きょうしゅう》を誘《さそ》うとか、そんな感じなんだろうか?

いまいちわからないが、敬遠する人も多い自分の生真面目《きまじめ》さを、航平がすんなり受け入れてくれることが広生は嬉《うれ》しい。

(どちらかというと、対人的には短所だと思ってたんだけどな)

持って生まれた性分《しょうぶん》だから、自分では変えようがないし、変えたいとも思っていない。

この性格が、職業上プラスになることもあるからだ。

それでも適当にはぐらかすことができず、人から面倒臭《めんどうくさ》いなという目を向けられる度《たび》に、やっぱり密《ひそ》かに傷ついたりもした。だから余計に、航平が自分の生真面目さや律儀さを面白《おもしろ》がったり喜んだりしてくれるのが嬉しい。

(長所と短所かぁ……)

若手ナンバーワン営業、負け知らずで完全無欠の爽《さわ》やかなイケメン。

つき合う前までは、そんな航平の姿をキラキラ眩《まぶ》しく感じていたけど、最近は負け知らずだからこそ欠けている部分もあることが見えてきた。

今回の広生の人事異動の件に関してもそうだ。

やればできるし、やっただけの評価を与《あた》えられてきた航平には、会社側からの広生に対する仕打ちが今も納得できずにいるらしい。

なんの落ち度もなく経理として真面目に勤め上げてきたのに、なぜ無理に営業をさせなければならないのかと……。

（経理に残せる余裕《よゆう》があるなら、会社側だって人事異動なんて言い出さないのに……）

広生が営業内でデータ編集関連の仕事をするのを認めてくれなかったのだって、経費節減を思えば当然だ。それは本来、営業が自分達でやらなくてはならない仕事なのだから……。

（たぶん、航平くんはちょっとだけ甘いんだな）

負け知らずで痛みを知らず、理不尽《りふじん》な目にあったこともない。

だから、ぎりぎりのところで選択《せんたく》しなければならない会社側の苦悩《くのう》も理解できないんだろう。

それは航平にとって、恵《めぐ》まれた容姿と性格という長所があるが故《ゆえ》に、自分でも知らぬ間に内包してしまった短所なんじゃないかと思う。

（航平くんはまだ若いから大丈夫）

社会に出てまだ二年目。

それらは、これから経験を積んでいくらでも修正が利《き》く欠点だ。

完全無欠の爽やかイケメンだった航平のそんな欠点が見えるようになったり、年下だと余計に意識するようになったのは、広生が航平のことを『可愛《かわい》い』と思えるようになってからだ。

たとえばふたりとも三十過ぎだったら、それなりに社会経験を積んで年の差なんて気にならないだろうが、社会に出てまだ数年という今の段階では、二歳の年の差はけっこう大きい。

以前は頼《たよ》れる指導員だと思ってきたけど、今は頼ってばかりもいられないんだなと思ったりもして……。

でも、決して航平に失望したとか、そういうことはない。

むしろ、欠点が見えてきたせいか、可愛いとか愛《いと》おしいとか思う機会が増えたと思う。

この先、自分がこの会社で生き残れるかどうか微妙《びみよう》な感じにはなってきているけれど、航平との関係に対する不安もない。

(同じ会社で働けなくなっても別に大丈夫だよな)

世の中の夫婦《ふうふ》や恋人《こいびと》同士がみんな同じ会社で働いているわけじゃない。

むしろ、別々の会社で勤めているほうが多いだろう。

それでもみんな、ちゃんとその関係を維持《いじ》し続けているのだ。

プライベートで共に過ごす時間は、工夫《くふう》さえすればいくらでも作ることはできるはず。

ずっと今みたいにいい関係を続けていけるはずだ。

広生は前向きに頑張るつもりでいた。

☆

すまん、と営業部長に謝られてから半月後、航平は広生を積極的に営業先へと連れ出すようになっていた。一緒《いつしよ》に営業に行った先で大口の契約《けいやく》を取り、それを広生の手柄《てがら》にしようと密かに考えているらしい。

（……そんなの駄目《だめ》だよなぁ）

営業としての能力を持たない自分が、おこぼれでそんな手柄をもらっても長続きはしないし、そのぶん航平の営業としての成績が下がることにもなる。

生真面目な広生がそう言って断るのを予想しているようで、航平もはっきりとは自分の計画を口にしてはいなかったが、なんとなく航平の考えはわかる。

この日は、航平が入社当時に大口の仕事を契約して以来のつき合いだという、服やアクセサリーなどを手広く扱《あつか》っているアパレル系企業《きぎょう》、【アトリエM】へ営業に行くことになっていた。

「途中《とちゅう》で大福を買ってこう」

会社を出てすぐ、航平が言った。

「社長さんって、女性でしたよね？」

「うん、女性。松野《まつの》社長は洋菓子《ようがし》より和菓子が好きなんだ。豆大福なら一気に三個は食べる」

「そうなんですか……」

目的の会社までは乗り換《か》えなしで二駅だから社用車ではなく電車で行こうと駅に向かって歩きながら、広生はちょっとひとりで考え込んでしまっていた。

「どうしたの？　黙《だま》り込んじゃって」

「……大福は止めておきましょう」

「どうして？」

「例の癖《くせ》……夢で見たんです」

その夢は、営業先の会社から歩道に出てすぐのシーンだった。

『けっきょく会えませんでしたね』と広生が言い、『こんなことなら、大福じゃなく洋菓子にしておけばよかったかな』と航平が後悔《こうかい》していた。

あれは間違《まちが》いなく予知夢だ。

それもたぶん、些細《ささい》な不幸の夢だろう。

いつもだったら、ことさらに些細な不幸を避《さ》けたりはしないのだが、航平が絡《から》むことだけにそうも言っていられない。

航平のことがとても大切だから、少しでもプラスになる方向に持っていきたいのだ。

「たぶん今日は松野社長には会えません。そこの会社って、女性社員が多いんでしたよね？」

長く女性の同僚《どうりょう》と一緒に働いてきたからわかることだが、普通《ふつう》の女性は人前で化粧《けしょう》が崩《くず》れるような真似《まね》はしたがらない。粉だらけの大福なんかを食べて、綺麗《きれい》に口紅を塗《ぬ》った唇《くちびる》やネイルした指先に白い粉がつくのは嫌《いや》がるだろう。松野社長にとっては嬉しいお土産《みやげ》でも、他《ほか》の女性達にとっては迷惑《めいわく》この上ないものになる可能性がある。

爽やかイケメンの航平の好感度を維持するためにも、女性社員達の不興は買いたくない。

「個別包装されてるマドレーヌとかクッキーみたいなもののほうが喜ばれると思いますよ」

広生のそんな助言に、航平は一瞬《いっしゅん》黙り込み、ちょっと変な顔をした。

「……航平くん？」

「あ、うん。わかった。——広生さんがそう言うのならそうするよ」

駅前にある洋菓子店でマドレーヌの詰《つ》め合わせを買って、目的地へ向かう。

そして広生の予知夢通り、社長とは会えなかった。

約束の時間をかなりすぎても連絡《れんらく》がないまま、予知夢通りに手ぶらで帰ることになる。

「お約束していたのにすみません。どうしたわけか昼前から全然連絡が取れなくて、私達も困ってるんです」

心配顔の社員達に見送られて、ふたりは歩道に出た。

広生は見覚えのある歩道を、無意識のうちにぐるっと見渡《みわた》す。

（あの夢だと、ここで僕が『けっきょく会えませんでしたね』って言うんだっけ……）

だが、その未来はもう変わってしまった。

代わりに広生は、「ちょっと心配ですね」と言ってみた。

「え？」

広生の言葉に、航平はハッとしたように振《ふ》り向いた。

「だから、松野社長から連絡がないのが心配ですねって」

「あ、ああ、そうだね。時間にはかなり厳しい人なんだけど……」

答える航平の声は、どこか心ここにあらずといった風だ。

「航平くん、なにか気になることでも？」

心配になった広生が聞くと、航平は「……あ、うん」と軽く狼狽《うろた》えた様子を見せた。

「まさか、本当だとは思わなかったから……」

航平は、いつになく困惑《こんわく》した顔をしている。

広生は、なんだか嫌な予感がして立ち止まった。

「あの……なんのことですか？」

「いや、例の予知夢を見るって話のこと。あれ、本当だったんだね。……その……正直、ちょっとびっくりした」

（そんな……）

そう言われた瞬間《しゅんかん》、ショックのあまり、すうっと広生の全身から血の気が引いた。

「……信じて……くれたんじゃなかったんですか？」

予知夢を見たのだと打ち明けたとき、それは凄《すご》くいい夢ですねと航平は言ってくれた。疑ったり、気持ち悪がったりせず、すんなり認めてもらえたことが、とても、とても嬉《うれ》しかったのに……。

「いや、あー、その……。広生さんが俺に気があって、俺を誘惑《ゆうわく》するためにキスした予知夢を見た、なんてことを言ったのかなぁって思ってたもんだからさ」

航平は、気まずさをはぐらかすように軽く頭を掻《か》きながら苦笑《くしょう》している。

酷《ひど》くショックを受けていた広生は、航平と自分との間に奇妙《きみょう》な温度差を感じはじめていた。

「そんな……。誘惑だなんて……僕、そんなこと……。あの頃《ころ》は、まだ航平くんのことを恋愛《れんあい》の対象とは思ってなかったし……」

（まただ。また、信じてもらえてなかったんだ）

両親に続いて、これで二度目。常識的に考えれば、予知夢を見るだなんて素っ頓狂な話を、さらりと信じてくれるはずがないとわかる。

わかるけど……。

(信じて欲しかったのに)

信じていなかったというのならば、今まで広生が口にした予知夢の話を航平はどんな気持ちで聞いていたんだろう？

航平は、広生がキスして欲しいと思っていたから、あなたと僕がキスをしていた予知夢を見たと嘘《うそ》を言ったと思っていた。

ふたり並んで料理をしていた予知夢を見たと言ったときは、航平の家に遊びに行きたいが故《ゆえ》に、自分がそんな嘘をついたと思っていたのだろうか？

「変なこと言ってごめん！　謝るよ。この通り」

広生がショックを受けているのに気づいたのだろう。航平が慌《あわ》てて深々と頭を下げる。

「この程度のことで、本気で怒《おこ》ったりしないよね？」

(この程度……のこと？)

広生にとっては、この程度で済ませられることじゃない。

自分の望みを叶《かな》えるために嘘をつくような人間だと航平から思われていたのだとしたら、生《き》真面目《まじめ》に律儀《りちぎ》に生きてきただけにダメージは大きい。

徐々《じょじょ》に感情が高まり、わなわなと唇が震《ふる》えた。

「僕……は……」

　感情のままに口を開きかけた広生の視界に、ふたりの脇《わき》を興味津々《しんしん》の態で通り過ぎて行く通行人の姿が、ふと入り込んできた。

　青白い顔をして立ちつくす自分と、その前で頭を下げて謝罪する航平。

　この情景が、彼らの目にどんな風に映っているかを察して、ふっと冷静になる。

（こんなのは嫌だ）

　航平が自分なんかのために、人前でこんなみっともない姿を晒《さら》すなんて我慢《がまん》できない。

　広生は「……わかりました。もういいです」と慌てて呟《つぶや》き、航平に頭を上げさせた。

「よかった。――今度は本当に信じたからさ。未来のことが本当にわかるなんて凄いな」

「わ……かるって言っても、自分に関することだけで、本当に些細なことばかりなんですよ」

　もういいです、と自分から言ってしまった以上、律儀な広生には、この問題を蒸《む》し返すことはもうできなくなった。

　だから、それでも凄いよと爽《さわ》やかに笑う航平を見上げて表面上は穏《おだ》やかに微笑《ほほえ》んでみたが、その実、酷く傷ついていたのだ。

　つき合ってくれるよね？　と航平に請《こ》われてから今日まで、順調にこの関係を育《はぐく》んできたと思っていたが、どうやら独りよがりだったようだと……。

　最初の段階で生じていたこのボタンの掛《か》け違《ちが》いを、自分の中でどう消化したらいいのかがわからない。

今までの幸せな時間は、航平がすべてお膳立《ぜんだ》てしてくれたもの。広生自身はなんの努力もせず、こっちだよとエスコートされるまま歩いてきただけに、自分の足元の確かさに自信がもてない。

(航平くんは、僕を嘘つきだと思ってたんだ)

嘘つきを恋人《こいびと》にしても平気なんだろうか？

広生は嫌だ。

信じることができない相手と心を通わせられるとは思えない。

そんな人と、本気で恋をするなんて不安すぎる。

(本気じゃ……なかったりして)

航平は、大学時代にかなり遊んでいたらしいと社内でも噂《うわさ》になっていた。

広生自身は、もちろん遊びで恋愛ができるタイプじゃない。

普段《ふだん》の仕事と同じように恋愛でも生真面目で律儀でありたいと思っているから、遊びでつき合うという感覚はわからない。

でも、航平はそれができる人なのだ。

(僕と航平くんとじゃ、恋愛観が違うのかな)

ずっと好きだったと言ってくれたし、可愛《かわい》いとも言ってくれた。

その言葉に嘘はないと信じてるが、その言葉の重みがどれぐらいのものなのかはわからない。

もしかしたら、広生が思っていたよりも、ずっとずっと軽かったのかもしれない。

航平とずっといい関係を続けていきたいと広生は思っていたけれど、航平はそうは思ってはいないのかもしれない。

航平が、相手を代えては軽い恋愛を何度も繰《く》り返すような恋愛観の持ち主だとしたら、ずっとこの関係を続けていいたいと願っている自分の存在は、いずれ重くなっていくのかもしれない。

（……そもそも、僕なんかのどこが、航平くんの興味を引いたんだろう？）

生真面目で律儀で恋愛下手《べた》。

航平のホームグラウンドには、そんな人間が今までいなかったから、目新しいと、個性的だと思われたのだろうか？

もしそうだとしたら、いずれは飽《あ》きられるのかもしれない。

外見なんて慣れると航平は言っていた。

少しばかり変わった性格だって、やっぱり同じことだろう。

（いつまで一緒《いっしょ》にいられるのかな？）

ひとりで前向きに頑張《がんば》ったところで、相手にその気がないのならばどうにもならない。

なんだか、急に虚《むな》しくなった。

★

広生とはじめて言葉を交《か》わした日のことは、今でもはっきり覚えてる。

あれは航平が入社して一年経《た》った頃、提出した手書きの伝票に不備があったとかで経理に直接呼び出され、ビシッと間違った部分を指差した広生にそう言われたのだ。

「硬《かた》いこと言わずに、直しといてくださいよ。お願いします」

航平はいつもの調子で両手を合わせて、にこっと微笑みかけてみたのだが、広生の視線は書類の上に向いたまま、「駄目です」と譲《ゆず》らない。

（頑固《がんこ》な人だ）

黒縁《くろぶち》眼鏡で生真面目そうな広生の姿に、航平は軽くむっとしたものだ。

両親から上等な顔と頭をもらって生まれてきたお蔭《かげ》で、航平は今までの人生で苦労らしい苦労をしたことがほとんどない。

大抵《たいてい》のことは器用にこなせたし、自分ひとりではできないことは誰《だれ》かがすぐに快く手を貸してくれた。誰にでも好かれるお得な顔と性格でもって、人生楽勝状態だったのだが……。

（こんな細かいこと、どうでもいいじゃないか）

ちょちょいっと適当に修正してくれるだけでいいのに、その程度のこともしてくれないとは、なんてケチな奴《やつ》だと思ったとき、広生はぱっと顔を上げた。

「万が一、この取引先と揉《も》めたとします」

「は？」

「その場合、この書類が重要になってきます。修正した筆跡《ひっせき》が他人のものでは疑いの元になりかねない。ちゃんと自分で直してください」

あなたのために言ってるんです、と広生が生真面目に言う。

あなたのためだと優《やさ》しくしてくれる人なら沢山《たくさん》いたが、逆に厳しくしてくれる人は、身内以外にはいなかった。

（――俺のため？）

たぶん、その瞬間《しゅんかん》に航平は恋に落ちていたのだろう。

広生の言葉に衝撃《しょうげき》を受けた航平が、ついまじまじと広生の顔を見つめると、僕は間違ってないとばかりに、広生はまっすぐ見つめ返してきた。

その信念の強さに押されるように素直《すなお》にその場で書類を直してみたら、広生は「完璧《かんぺき》です。お疲《つか》れさまでした」と、今度は律儀に頭を下げた。

（うわっ、なんだこの人。めちゃくちゃ可愛くないか？）

そのユニークなほどの生真面目な仕草に、航平は本気でくらっときたのだ。

それからは、もう自分でも滑稽《こっけい》なほどに必死だった。

経理の入っているフロアに頻繁《ひんぱん》に出入りしては、広生の視界に入ってアピールしようと努力したのだが、生真面目な広生は書類かノートパソコンの液晶《えきしょう》画面に視線を向けてばかりで、こっちを見ようともしてくれない。

男であれ女であれ、航平がにこっと爽やかに笑いかけて、ちょいと言葉を交わせば簡単に落ちていたというのに、広生にはそれがまったく通用しないのだ。

広生にとっては不幸であろう営業への異動だって、指導員になれたときにはこっそり大喜びしていた。

これでやっと気づいてもらえると思ったのに、どんなにアピールしても鈍《にぶ》い広生はこっちの気持ちに全然気づいてくれない。

これは直接はっきりと告白しないと駄目かもしれないと思いかけたとき、やっと広生の態度に変化が見えはじめたのだ。

そこを突《つ》っついてみたら、あなたと僕がキスをしていた予知夢を見た、などと言うではないか。

(うわぁ、やっぱ、むちゃくちゃ可愛い!!)

航平は深く考えもせず、それを不器用な広生なりの自分へのアプローチだと勘違《かんちが》いしてしまっていた。

キッチンにふたり並んで立つ夢を見たと言われたときもそうだ。

外出するより、家でふたりきりまったりと休日を過ごしたいと、遠回しに甘えてくれているのだとばかり思ってしまったのだ。

(まさか、本当に予知夢を見ていたなんて……)

予知夢の話を信じていなかったことがばれたときの、あの広生のショックを受けた白い顔を思い出すと、今でもぞぞっと背筋に寒気が走る。

慌《あわ》てて謝ってなんとか許してもらえたと思ったのに、どうしたわけかあれ以来、広生の態度がどこかよそよそしい。

（やっと手に入れたと思ったのに……）

こんなに誰かを手に入れたいと思ったのは、生まれてはじめてだったのだ。

自分がどうやらゲイよりのバイだと自覚した大学時代、そっち方面の店に出入りして気軽に遊ぶようになってからも、誰かひとりときちんとしたつき合いをしたことはない。

ずっと日の当たる道を歩いてきたから、男と遊ぶなどというマイノリティーな道に入り込んでしまったことに不安を感じて、同性との恋愛《れんあい》にはのめり込めなかったのだ。

そんな自分の不安感を誤魔化《ごまか》すためのカモフラージュとして、大学では沢山の女の子達と浮《う》き名を流してきた。

社会人になり会社勤めをするようになってからは、マイノリティーである自分を世間に知られる不安感をどうしてもぬぐい去ることができなくなり、それらの遊びからは徐々《じょじょ》に遠ざかりつつあった。

どうせ誰のことも本気で好きにはなれないのならば、いずれ上司か取引先に紹介《しょうかい》された女性と適当に結婚《けっこん》することになるんだろうなと考えていた頃に広生と出会った。

見た目の爽《さわ》やかさに惑《まど》わされず、あなたのために言ってるんです、と厳しくしてくれる人。

甘やかしてなんでも許してくれる人達ばかりを相手にして生きてきたから、キリッと一本筋の通った広生の存在は鮮烈《せんれつ》だった。

この人を手に入れたい。

世間的にはマイノリティーである関係でも構わない。

誰になにを言われても、気にしないでいられる。

適当に楽しく器用に生きる人生と、障害があっても愛する人と一緒に生きる人生。

どちらがより幸せで有意義な人生かなんて、考えるまでもなく答えはわかっている。

広生を手に入れることができるのならば、なんでもするつもりだったのに……。

(このままじゃ、失いそうだ)

身体を重ねたあの夜以来、広生は生真面目《きまじめ》で堅苦しい表情が解けて、優しい表情を見せてくれるようになっていた。

甘いもの、美味《おい》しいものを口にしたときと同じように、いつもふわっと口元が優しく緩《ゆる》んでいて、見る度《たび》に幸せな気分になれていた。

それなのに、最近の広生は自分に向けて微笑《ほほえ》んでくれない。

笑って欲しくて、せっせと甘いものを貢《みつ》いでいるけれど、甘いものの効力も以前ほどはなくなってきたような感じがする。

ふわっと口元が緩むのは一瞬《いっしゅん》で、次の瞬間にはなにかぎこちない作り笑顔《えがお》がその顔に浮かんでしまう。

(一度失敗したら駄目なんだろうか?)

律儀《りちぎ》で生真面目な人だから、一度の失敗も許せないのだろうか?

一度失ってしまった信頼《しんらい》は、二度と取り戻《もど》せないのか?

（そもそも、最初からそんなに好かれてなかったのかも……）

不安が募《つの》るにつれ、疑心暗鬼《ぎしんあんき》にもなってくる。

広生が自分を意識するようになったのは、キスをするという予知夢を見たせいだ。

それが現実になると知っていたから、キスすることを容認《ようにん》してくれたのかもしれない。

家に遊びにきてくれたのも、予知夢でそうなることを知っていたからで、実はそれほど乗り気じゃなかったのかもしれない。

つき合うことを承知してくれたのだって、自分が強引《ごういん》に迫《せま》ったから断り切れなかっただけかもしれないし……。

（嫉妬《しっと》だって、全然してくれないし……）

次から次へと不安が湧《わ》いてくる。

元々が自信過剰《かじょう》で自惚《うぬぼ》れ気味なところがあった航平だから、こんな不安に苛《さいな》まれるのも生まれてはじめての経験で、自分の中のこの不安をどうやって消化したらいいものかわからない。

不安すぎて、広生に対する態度も変わってしまう。

今までは平気で手を伸《の》ばせていたのに、実は嫌《いや》がられていたのかもと怖くなって、気安く触《ふ》れることすらできなくなった。

泊《と》まっていってよと以前は当然のように誘《さそ》えていたのに、実は無理強《むりじ》いしていたのかもしれないと不安になるあまり、それもできなくなった。

見えない糸に身体中《からだじゅう》を縛《しば》られているみたいに、ぎちぎちと窮屈《きゅうくつ》で、どうにもこうにも身動きが取れない。

そんなこんなで、航平はかなり挙動不審《きょどうふしん》な態度を取るようになってしまっていたのだ。

★

(——やっぱり変だ)

日に日に、航平の態度が変わっていく。

会社では以前と同じように優しく接してくれるけど、外に一歩出て恋人同士《こいびとどうし》の時間になると、急によそよそしくなる。

家に来てご飯作ってよと甘えることはなくなったし、夕食を食べに行こうと誘うときも、一緒《いっしょ》に食べに行く？　とまず意思確認《かくにん》から入ってくる。

広生が頷《うなず》けば店まで連れてってくれるけど、以前のような帰り際《ぎわ》のキスもなくなった。

今日は遠慮《えんりょ》しておくと断れば、そう、とあっさり引いてじゃあまた明日と、やっぱりキスひとつしないまま帰ってしまう。

それは、どう考えても同僚《どうりょう》に対する態度であって、恋人に対するそれじゃない。

(……飽《あ》きられたのかな)

目新しい玩具《おもちゃ》が楽しいのははじめだけ。

遊び尽《つ》くしたから、もういらなくなってしまったのだろうか？

確かに自分は生真面目なだけが取り柄で面白味《おもしろみ》のない人間だとわかっているから、それだったら悲しいけどまだ諦《あきら》めもつく。でも、航平の態度が変わりはじめたのは、広生には本当に予知夢を見る癖《くせ》があると知ったあの日からだ。

(気持ち悪いって……思われたんだろうか？)

もしそうなら、これは辛《つら》い。

少しでも航平の役に立てればと、もう予知夢を変えるような真似《まね》はしないという誓《ちか》いを破って、些細《ささい》な不幸を回避《かいひ》した。

よかれと思ってしたことなのに、その結果がこれ。

航平にとっての些細な不幸は回避できても、自分にとってもっと大きい不幸が口を開けて待っていたのだから……。

(昔と一緒だ)

隣《となり》の夫婦《ふうふ》の事故を止めるために、両親に疑われ、けっきょく自分が本当の嘘《うそ》つきになった。

(なにも言わなきゃよかった)

黙《だま》っていれば、航平が女性達から、ちょっとだけ気が利《き》かない男だと思われただけで終わっていたのだ。

人生ではじめて得た優《やさ》しい恋人の心が、自分から遠ざかるような羽目にならずに済んだかもしれないのに……。

(……いや、そうじゃないのか)

遅《おそ》かれ早かれ、こんな日は来ていたのかもしれない。

その日が少しだけ早まっただけ。

蜜月《みつげつ》がこれ以上続き、航平がいなければ夜も日も明けないほどに夢中になる前に、この日が来たことをむしろ感謝したほうがいいのかもしれない。

(ああ、でも辛いな)

ついこの前まで頬《ほお》に触《ふ》れてくれていた指先が遠い。

抱《だ》き寄せてくれていた腕《うで》のあの温かな温《ぬく》もりが恋しくてたまらない。

だからといって、自分から誘うような強気な真似はできない。

(迷惑《めいわく》がられたくない)

遊び人だったという航平。

彼にとっての恋人という存在は、フォークダンスのパートナーのように、次々代わるものなのかもしれない。

恋人としてつき合うようになって一ヶ月。

広生の順番はもうそろそろ終わりなのかもしれない。

そうだとしたら、いつまでも未練がましく側に立ち止まっていては迷惑なだけだ。

(……しんどい)

営業としての試用期間が終わるまで、あと一ヶ月と少し。

その間、ずっとこんな状態で一緒に行動し続けるのは辛い。

今となっては航平だって、どうしても広生に営業に残って欲しいとは思わないだろう。

（退職願、まだ鞄《かばん》に入れっぱなしだったっけ……）

あれを会社に提出したら、今ならば引き止められることなくすんなりと受理されるだろう。

運がよければ、退職金も雀《すずめ》の涙《なみだ》程度上乗せしてもらえるかもしれない。

（そのほうがいいのかも）

広生は真剣《しんけん》にそんな風に悩《なや》んでいた。

そんなある日、「今日はどうする？」と会社帰りに航平に夕食に誘われた。

「今日ですか……」

向かい合って座っていても胸が苦しいばかりで、最近はなにを食べても美味しいと感じない。

好物のスイーツでさえ、美味しいのは一瞬ですぐに砂を噛《か》んでいるような気分になる。

会話も全然弾《はず》まないし、一緒にいても航平だって楽しくないはずだった。

「少し疲《つか》れたので、このまま帰ります」

考えた末にそう答えると、「わかった」と航平はあっさり頷いた。

「ゆっくり休んでね、志藤さん」

（——志藤さん……だって……）

今のは、意識してそう言ったのだろうか？

意識して言ったのなら、恋人関係はもう終わったのだという意思表示ってことになる。

もし無意識だったならば、航平の心が自分の許《もと》にはないという証拠《しょうこ》だ。

少し考えてから、広生はゆっくりと頭を下げた。

「お気遣《きづか》いありがとうございます。——堀田さんも、あまり遅《おそ》くまで夜遊びしては駄目《だめ》ですよ」

「やだな、夜遊びなんてしないよ。……じゃあ、ここで」

にこっと眩《まぶ》しいほどに爽《さわ》やかに微笑《ほほえ》んで、航平が去っていく。

その後ろ姿が人込みに紛《まぎ》れて見えなくなるまで、広生は息を詰《つ》めてじっとしていた。

（これで……もう終わったのかな？）

誰《だれ》かとつき合うのははじめてだから、恋人関係が終了《しゅうりょう》するその瞬間《しゅんかん》がどんな風に訪《おとず》れるのかもわからない。

でも、今のはそれにかなり近い会話だったような気がした。

（少なくとも、普通《ふつう》の同僚に戻《もど》っちゃったのは確かだ）

志藤さん、と話しかけられ、堀田さん、と返した。

これからはふたりきりのときでも、普通の同僚として接することを了解したことになるのだから……。

（ちゃんと上手《うま》く……やれたよな？）

オロオロと狼狽《うろた》えたりせず、スムーズに話すことができていたはずだ。

軽い気持ちで恋の相手を取り替《か》えるのが常ならば、航平だってしつこく別れたくないとすがりつかれるのは迷惑だろう。

広生だって、みっともなくすがりつくつもりはない。

別れたくないとすがりついたところで、心が離《はな》れてしまった以上無駄《むだ》だろうから……。

(こんなに簡単に終わるんだ)

つき合ってくれるよね？　とアプローチされたあの熱心さから比べると、別れるときの意思表示は随分《ずいぶん》とあっさりしたものだ。

それに合わせて広生も表面上は平気な顔をしてみたけど、本当は酷《ひど》く辛い。

でも人前で泣くなんてみっともないことは絶対にしたくないから、必死で平静を保って急いでアパートに帰る。

なにもする気になれなくて、そそくさと寝支度《ねじたく》をしてベッドに潜《もぐ》り込んだ。

ばふっと毛布を頭から被《かぶ》り、暗闇《くらやみ》の中で蓑虫《みのむし》みたいに丸くなった途端《とたん》、我慢《がまん》していた涙がぶわっと溢《あふ》れてきた。

(今だけ……。泣くのは今だけだから……)

隣家《りんか》の夫婦の一件で両親にセラピストに連れて行かれて以来、どうせ信じてもらえていないのだからと、両親との間に少しだけ心理的な距離《きょり》を置くようになっていた。

それからはずっと、誰にも本当には心を開かずに生きてきた。

それだけに、航平と過ごしたこの一ヶ月間は広生にとって貴重な日々だった。

予知夢を見ているという話をすんなり信じてくれて、大好きだとしっかり抱き締《し》めてくれた。

身体を繋《つな》げる度《たび》、心も一緒《いっしょ》に繋がっているような幸せな気分にもなれていた。

(信じてもらえてなかったけど……)

それらすべてが自分の勘違《かんちが》いだったのだとしても、あれはとても素敵《すてき》な日々だった。

満たされて幸せな気分になれた記憶《きおく》までなかったことにはしたくない。

恨《うら》んだり悲しんだりするより、一時でも幸せに満たされていた明るく前向きな気持ちのほうを大事にしたい。

だから、泣くのは今夜だけ。

思いっきり泣いて踏《ふ》ん切りがついたら、明日には会社に退職願を提出しよう。

自分の手ですべてを終わらせて、そしてまた一からやりなおすのだ。

毛布にくるまれた暗闇の中、広生は今だけだからと自分に言い訳しながら、声を殺して泣き続けた。


ふと気づくと、広生は見覚えのある応接室に棒立ちになっていた。

目の前には、三角巾《さんかくきん》で腕を吊《つ》った三十代後半と思われる見知らぬ女性、少し離れた場所には包丁を持った男が立っている。

『俺のせいじゃない。こいつが邪魔《じゃま》したのが悪いんだ。俺のせいじゃない。俺は悪くない』

悪くない……と、ぶつぶつ呟《つぶや》く男の手に握《にぎ》られた包丁は血で濡《ぬ》れていた。

広生の視線が、男の持つ包丁から、その足元へとゆっくりと下がっていく。

そこには、倒《たお》れている航平の姿があった。

(……どういうこと?)

なにが起こっているのか、さっぱりわからない。

呆然《ぼうぜん》と見つめているうちにも、航平の回りにじわりと血溜《ちだ》まりが広がっていく……。

「いやだっ！　航平くんっ!!」

その直後、広生は自分の叫《さけ》び声で目を覚ましていた。

5

（あれ、予知夢だった）

自分の意思では指一本動かせず、視線すら動かせない。

当然、駆《か》け寄ることもできなかったから、航平の傷の具合は確かめられなかった。

だが、あの血溜まりから想像するに、間違《まちが》いなく命に関《かか》わる傷だ。

今まで見た中で、最高に最悪な予知夢だ。

（なんとかして止めなきゃ）

予知夢を見なかったことにしてしまう選択肢《せんたくし》は広生にはなかった。

航平があんな風に傷ついて床《ゆか》に倒れ伏《ふ》すなんて耐《た》えられない。

最悪の予知夢を止めたことで、自分がそれ以上の不幸に見舞《みま》われても構わない。

もう航平との恋人《こいびと》関係は終わってしまっていても、広生の中の航平への恋は終わっていないのだから……。

（退職願を出すのは延期だ）

予知夢が現実に起きるのは、一週間以内。

その間、航平の側から絶対に離れるわけにはいかない。

(あの場所、この間待ちぼうけをくらった会社の応接室だった)

となると、三角巾で腕を吊っていた三十代後半の女性は、あの日会えなかった松野社長なんだろうか？

包丁を握っていたあの男は、航平が邪魔をしたと言っていた。

ということは、あの男の標的は航平ではなく、松野社長ということになる。

(あそこに行かなければ……)

松野社長とアポが取れても、なにか理由をつけて一週間だけ航平を引き止めれば、あの悲劇は避《さ》けられる。

でも、そうしたら、松野社長があの刃《やいば》に刺《さ》されることになるのかもしれない。

(事情を話して警備員を増やしてもらうとか……は無理か)

予知夢を見たなどと言ったところですんなり信じてもらえないことは、さすがに学習済みだ。

(僕がなんとかしなきゃ)

そんな決意を胸に、広生は会社に通い続けた。


そして、予知夢を見た六日後の水曜日。

「やっと松野社長とアポが取れたよ」

別れてからも表面上は態度を変えずに親切にしてくれている航平が言うのを聞いて、広生は来たかと密《ひそ》かに身構えた。

「交通事故に遭《あ》って入院していたんだって」

すっぴん状態で見舞客に会うのが嫌《いや》で、入院していたことを周囲には隠《かく》していたらしい。

「酷い事故だったんでしょうか？」

「みたいだね。肋骨《ろっこつ》はまだくっついてないそうだし、片腕は動かせないって……。見舞いは一口でぱくっといけるものをと言われたよ」

「和菓子《わがし》好きで一口……。一口サイズのお団子とか、おまんじゅうとか？」

「そんなところかな。——今日はとりあえず資料渡《わた》して挨拶《あいさつ》したら早めに帰ろう。まだ退院したてだし、見舞いの来客続きで疲《つか》れてるはずだから」

次回は本格的に営業かけますからって予告だけはしとくけどね、と航平が言う。

（さすがだなぁ）

営業先の社長と軽口を叩《たた》きあえるぐらいに親しくしていて、なおかつ、図々《ずうずう》しくならずにちゃんと体調も気遣《きづか》えている。

爽《さわ》やかイケメンの利点をあますところなく利用している感じだ。

感心しつつ、資料の封筒《ふうとう》を入れた鞄《かばん》を手に、航平と共に会社を出た。

以前と同じルートで先方の会社に到着《とうちゃく》すると、夢で見た通りの三十代後半で三角巾で腕を吊った女性が現れた。

「堀田くん、この間は待ちぼうけくらわせて悪かったわね」

ちょうどそのときに事故に遭い、病院に運ばれていたのだと、松野社長が言った。

「いえ、お気になさらず。ご無事でなによりです」

爽やかに微笑《ほほえ》んだ航平が、松野社長に広生を紹介《しょうかい》してくれて、そのまま三人揃《そろ》って応接セットに座る。

広生はわざと航平より出口のドアに近い所に座り、膝《ひざ》の上に鞄と資料の入った封筒を乗せた。

「痛々しいお姿ですね。片腕が使えないと不自由でしょう」

「まあ、左腕だからその点はラッキーだったかな。入院中は、うちの社の子達が交代で面倒《めんどう》を見てくれたから助かったわ。独身だとこういうときに困るよねー。こんなことなら、なんでも言うことを聞くM奴隷《どれい》のひとりも作っておくんだったって後悔《こうかい》しちゃった」

とんでもないことを言って、松野社長がからからと明るく笑う。

「なんだったら立候補しない？」と航平を誘《さそ》い、「そっちの趣味《しゅみ》ないんで勘弁《かんべん》してください」と断られる。

（……凄《すご》い会話）

軽口の一種なのだろうが、この手の話題に免疫《めんえき》のない広生は思わずひとりで緊張《きんちょう》して硬直《こうちょく》していた。

「事故はどんな状況《じょうきょう》で？」

「百パー向こうの過失。いきなり路地から飛び出してきやがったのよ。なのに、こっちがか弱い女性だとわかった途端《とたん》、おまえがこんな所を通るのが悪いって責めはじめるんだから、もうやってられないわ」

常識のない中年男が増えたもんよねー、と松野社長が愚痴《ぐち》る。

「トラブってるんですか？」

「まあね。相手側、警察や保険会社から過失は自分にあるって言われて切れちゃったみたいでさ。あたしに向かって暴言吐《は》きまくり。挙げ句、このままじゃ会社をクビになるから示談にしろって病院にまで襲撃《しゅうげき》してきたのよ。もう迷惑千万《めいわくせんばん》」

「それはまた、随分《ずいぶん》と悪い相手に当たりましたね」

「でしょ？　病院襲撃で通報されたから、警察沙汰《ざた》になってけっきょくクビになっちゃったみたい。自業自得《じごう》だけど……。まあ、いつまでも馬鹿《ばか》に構ってられないから、そっちは弁護士に丸投げしちゃったけどね。――で、今日の用件は？」

松野社長に仕事の話に水を向けられ、広生は資料が入った封筒を航平に渡《わた》そうとした。

「駄目《だめ》ですよ、志藤さん。自分で渡してください」

（え？）

封筒を持っていた手首を航平に摑《つか》まれ、くいっと松野社長のほうへ。

「あ、あの……。ご検討ください。よろしくお願いします」

「あら、やだ。こっちの彼は営業さんなのにシャイなのね」

ぺこっと頭を下げた広生から封筒を受け取った松野社長が「可愛《かわい》いわぁ」と目を細める。

「この人は駄目です。社長の毒牙《どくが》にはかけさせませんからね」

「ちょっとぐらいいいじゃない。——ね、あなた。この包帯取れたら、快気祝いで一杯《いっぱい》飲みにいかない？　堀田くんも一緒《いっしょ》でいいから」

「え？　あ……」

「酷《ひど》いな。俺はおまけですか」

「おまけ……にしちゃ、ちょっとキラキラと目立ちすぎるわね」

ちょっと光量落として、と言われた航平が、また「酷いな」と苦笑《くしょう》する。

（楽しそうだな）

ふたりともこの他愛《たあい》のない会話を楽しんでいるのが、傍《はた》で見ていてよくわかる。

こういう軽い会話を楽しめるのも、きっと営業の適性なんだろう。

（僕は無理だなぁ）

軽く話を向けられても、すぐに口ごもってしまう。

冗談《じょうだん》を言われても、それが冗談だと理解するまでに時間がかかるのだから最悪だ。

やっぱり営業は向いてない、としみじみと再確認《さいかくにん》していると、応接室のドアの向こうで小さく女性の悲鳴が聞こえた。

「なに!?」

その悲鳴に、三人揃って弾《はじ》かれたように立ち上がった。

真っ先にドアに向かったのは広生だ。

そのためにドアに近い所に座っていたのだから……。

「ちょっ、広生さん？」

慌《あわ》てて航平が呼び止めようとしたが、ドアに意識を集中していた広生は聞いちゃいなかった。

ガチャッとドアが開き、予知夢の中で見た男が姿を現す。

その手には、やっぱり夢と同じ包丁が握《にぎ》られていた。

「邪魔《じゃま》だ、退《ど》け！」

応接室に入ってきた男が、包丁を突きつけてくる。

広生は手に持っていた鞄を盾《たて》にして、自分から男に向かって行った。

そして、「えいっ」と男の包丁に向けて、鞄を突き出す。

(上手《うま》くいけ！)

自分がちょっとばかり鈍臭《どんくさ》いのはちゃんと自覚している。

航平がこの男に刺されないように庇《かば》ったとして、自分がぐっさり刺されてしまう可能性がかなりあるのもわかっていた。

でも、こんなことで死ぬのは真っ平だ。

だから一生懸命《いっしょうけんめい》、あの包丁をなんとかする方法を何度もシミュレーションしてきたのだ。

男が応接室に入ってきたら、鞄を盾に突進《とっしん》して行って、包丁の切っ先を鞄に向けさせる。

そうやって、人体ではなく鞄に包丁を突き刺させて、なんとかしてもぎ取れないかと思った。

そのために、ここに来てからずっと鞄を手元から離《はな》さずにいたのだが……。

「なっ、なんだおまえ」

唐突《とうとつ》な広生の突進に狼狽《うろた》えた男の腕《うで》から力が抜け、鞄に当たった包丁の先がずるっと滑《すべ》って脇《わき》にそれ、広生の右腕に当たった。

(しまった!)

革製《かわせい》じゃなく布製のバッグにしておけばよかったかと、頭の片隅《かたすみ》で冷静に考えていると、腕を細い棒で押されたような感覚があった。

その直後、今度は痛みが走る。

「……つっ」

でも、ここでへなへなと座り込むわけにはいかない。

この男の手から、包丁だけでも取り上げてしまわなければならないのだから……。

気を取り直した広生が、もう一度刃先《はさき》を向けてきた男に、左手だけで鞄を持って振《ふ》り上げようとしたとき。

「広生さん、危ない!」

突然《とつぜん》、航平が広生を庇うようにして男の前に出る。

(そんなっ!)

このままでは、あの予知夢通りになってしまう。

そんなのは嫌だと、広生が慌ててもう一度前に出ようとしたとき、男の背後から飛んでくるファイルや文房具《ぶんぼうぐ》、そして振り上げられたモップが見えた。

「なにこいつ!」

「やだ」

「きもいーっ!!」

「ギャッ!……ちょ……ひぃっ……」

女子社員達の悲鳴が聞こえたかと思うと、男は文房具を次々にぶつけられ、モップで容赦《ようしゃ》なく叩《たた》き伏《ふ》せられた。

広生はというと、男への無我夢中の女子社員の攻撃《こうげき》の巻き添《ぞ》えをくらわないようにと、肩《かた》を抱《だ》く航平に庇われている。

「警察と救急車！　誰《だれ》か、ガムテープと荷造りヒモ！」

松野社長の声に、はい！　と女子社員達の返事がハモる。

「広生さん！　大変だ、血が……」

腕から流れ出た血が、指先まで伝って床《ゆか》に落ちる。

「……うわあ」

それを見た途端、へたあっとその場に尻餅《しりもち》をつきそうになった広生を航平が抱き留め、ソファに座らせてくれた。

「止血しないと」

航平は自分のネクタイを解くと、ぎゅっと広生の二の腕の中程《なかほど》を縛《しば》る。

「きつすぎるかな？　大丈夫《だいじょうぶ》、広生さん？」

「大丈夫だよ」

目の前に跪《ひざまず》き、心配そうに見上げてくる航平に、広生は痛みを堪《こら》えて答えた。

(広生さん、だって……)

焦《あせ》った航平が無意識に呼ぶ名が、志藤さんではなく、広生さんだったことが嬉《うれ》しかった。まだ恋人《こいびと》としての自分の存在が、少しは航平の中に残ってるってことなんだろう。

「航平くんは怪我《けが》してない……みたいだね」

聞きながら航平を見てみたが、自分の血がついているだけで怪我はまったくない。

振り返ると、ドアの向こうでガムテープでぐるぐる巻きにされた男が、女子社員達にモップの柄《え》で突《つ》っつかれて不様にジタバタしているのが見えた。

危険はもう去ったのだ。

(よかった)

予知夢を変えるために自分が怪我をしてしまったけど後悔《こうかい》はまったくない。

むしろ、誇《ほこ》らしい気持ちで胸はいっぱいだ。

腕の痛みも忘れ、ほっとして微笑《ほほえ》むと、航平は逆に泣きそうな顔になった。

「なんでこんなときに笑うんだよ。ったく……。自分から向かってくなんて無茶《むちゃ》すぎる」

心臓止まるかと思った、と、そうっと航平の指が頬《ほお》の上を滑っていく。

(これは、頑張ったご褒美かな)

久しぶりのその感触《かんしょく》に、広生は思わず、むふっと口元をほころばせた。

6

暴漢は、松野社長の事故相手の中年男だった。

会社をクビになっただけじゃなく、妻にも愛想《あいそ》を尽《つ》かされて離婚《りこん》届を突きつけられたことで逆上して、復讐《ふくしゅう》のために襲撃してきたものらしい。

最後には、ガムテープと荷造りヒモでぐるぐる巻きにされた状態で警察に引き渡《わた》された。

(あのガムテープ、はがすときが地獄《じごく》だろうな)

すでに乏《とぼ》しい髪《かみ》の毛や睫《まつげ》毛、体毛の類《たぐい》がごっそり持ってかれるに違《ちが》いない。

気の毒だが、自業《じごう》自得だ。

広生の怪我のほうは、思ったより傷が長かったせいもあって十針以上縫《ぬ》われることになった。

出血も酷かったし、今夜は熱が出るかもしれないから一晩入院しますかと医者に聞かれたが、病室では落ち着いて休めなさそうだから家に帰ることにした。

その間、航平は一緒《いっしょ》に病院につき添《そ》ってくれて、携帯《けいたい》で会社側への報告もしてくれていた。

「つき添ってくれてありがとう」

病院を出た所でお礼を言い、航平が持っていてくれた荷物に手を伸《の》ばしたのだが、すいっと逃《に》げられた。航平はひとりでさっさと病院前のタクシー乗り場に歩いて行き、タクシーを一台捕《つか》まえると、広生を振り向く。

「早く行こう」

「行くって、どこに？」

「広生さんの部屋。俺に住所を知られるのが嫌《いや》なら、俺の部屋でもいい。——熱が出るかもしれないのに、ひとりになんてしておけないよ」

(気を遣《つか》ってくれてるのかな？)

これは、同僚《どうりょう》としての気遣いだろうか？

(僕でも、やっぱりつき添うか)

片腕が不自由で熱が出るかもしれないとなると、ひとり暮らしだったらやっぱり心配だ。

同僚としての気遣いならば素直《すなお》に甘えてしまってもいいだろうと、広生は律儀《りちぎ》にお礼を言ってからタクシーに乗り込み、自分の部屋の住所を告げた。

(航平くん、さっきの言い方、少し変だった)

沈黙《ちんもく》が支配するタクシーの中、広生はこっそりと航平の横顔を窺《うかが》った。

俺に住所を知られるのが嫌なら……と航平は少し拗《す》ねたように言ったが、どうしてそんな心配をするのか広生はさっぱりわからない。

ふたりの関係がただの同僚に戻《もど》った今でも、航平に対する信頼感《しんらい》は揺《ゆ》らいでないから、住所を教えることになんのためらいもない。そもそも、いま住んでいる場所を教えていなかったのだって、わざと情報を隠《かく》していたわけじゃなく、ただの偶然《ぐうぜん》だ。

教えてと言われていたら、いつでも快く教えていたのに……。

(聞いてくれればよかったのに……。──っていうか、僕が教えていればよかったのかな?)

いつもいつも、航平が積極的に振る舞《ま》ってくれていたから、広生はそれに合わせるだけで自分から動く必要はなかった。自分から積極的になにかしようとしたのは、航平にソフトの操法を教え込まなきゃと思ったときぐらいだ。

(あのとき、航平くん凄《すご》く喜んでたっけ……)

もしかしたら、あんな風に自分がもっと積極的に振る舞えていたら、もう少しだけ航平との恋人関係は長続きしていたのだろうか?

今さら考えても仕方のない問いに、広生は我知らず溜《た》め息をつく。

「寝室《しんしつ》は向こう?」

広生のアパートは、入ってすぐにリビングダイニングとして使える広い部屋があり、その奥に四畳半《よじょうはん》ほどの和室があって、そこにベッドを入れて寝室として使っていた。

「熱が出る前に、早く寝《ね》たほうがいいよ」

早く着替《きが》えてと航平に迫《せま》られたが、広生は嫌だと首を横に振る。

「その前に、お風呂《ふろ》に入らないと……」

病院で少し拭《ふ》き取ってもらったが、服に染《も》みこんだ血があちこちについていて気持ち悪いし、緊張《きんちょう》したり痛みをこらえたりで嫌な汗《あせ》もかなり出た。

綺麗《きれい》にして湯船に浸かって落ち着いてからでないと眠《ねむ》れそうにないと、我《わ》が儘《まま》承知で広生が訴《うった》えると、航平は仕方ないなと溜め息をついた。

「腕《うで》の傷が濡《ぬ》れないよう、ビニールかなにかで保護しないと……。片腕じゃ不自由だろうから、お風呂入るの手伝うよ」

「手伝う？」

もう恋人関係は解消したのだから、意識するのは間違いなのかもしれないが、それは妙《みょう》に気《き》恥《は》ずかしい。

狼狽《うろた》える広生を余所《よそ》に、航平はテキパキと風呂に入る準備をはじめた。

湯船にお湯を溜《た》めながら、広生の腕をビニール袋《ぶくろ》で保護してくれる。

「広生さん、早く」

「あ、はい」

背中を押された広生はひとりで脱衣所《だついじょ》に入り、血で汚《よご》れたスーツを脱《ぬ》いだ。

（着てる服一式、全部捨てないと駄目《だめ》だな）

切られた上着やシャツだけじゃなく、ズボンや下着にまで血が飛び散っていた。

脱いだ服を、汚れた部分を内側にひとまとめにして、とりあえずランドリーボックスに入れてから、カラカラとドアをスライドさせてバスルームに入った。

（まず血を流してから……）

シャワーノズルを手にしていると、一度閉めたドアがカラカラとまた開く。

「入るよ。髪は洗う？」

スーツとネクタイと靴下《くつした》を脱ぎ、シャツの袖《そで》とズボンの裾《すそ》をまくった航平が当然のような顔でバスルームに入ってくる。

「え、あ……」

（航平くんは、本当に全然平気なんだ）

はじめてのあの夜、広生の裸《はだか》を見て反応してくれたときとは随分《ずいぶん》と態度が違う。

もう自分はそういう対象として見られていないんだと身に沁みてわかってしまって、しつこく狼狽えてしまう自分がなんだかみっともなく思えてきた。

「あ……よろしくお願いします」

広生はなんとか平静を保って、ぺこっと律儀に頭を下げてみた。

とはいえ、地肌《じはだ》に触《ふ》れる航平の指先の優《やさ》しい感触が、かつての甘い時間を連想させて、髪を洗ってもらうだけでもう限界だった。

とりあえずひとりではどうにもならない背中だけは洗ってもらったが、後は自分でできますからと、我慢《がまん》できずに追《つ》い出しにかかってしまった。

「湯船にはあんまり浸からないで、十数える程度にしといて」

航平は、そう言い置いて、あっさりバスルームから出て行く。

（もうちょっと反応してくれてもよさそうなものなのに……）

あまりにもあっさりと無反応すぎて、がっかりしている自分に広生は苦笑《くしょう》する。

（これも、恋愛《れんあい》経験の差なのかな）

遊び人だったという航平は、何度もこの手の別れを経験して慣れているのだろう。

だから、関係が終わればあっさりと元の同僚に戻れる。

でも、広生はこれがはじめてだから、そんなに簡単に気持ちは切り替《か》えられそうにない。

簡単に気持ちの切り替えができるようになるほど、何度も恋愛を経験したいとも思わない。

（もうこのままでいいや）

世の人々が積極的に恋人《こいびと》を得たいと願う、その気持ちも少しは理解できるようになったが、前のが終わったから次に行く、という風に軽くは考えられそうにない。

今もまだこの胸の中にある航平への想《おも》いにちゃんと自分なりの決着をつけて、過去のことだと懐《なつ》かしく思い出せるようになるまで、積極的に新しい恋を求める気にはなれないから。

（下手《へた》すると、一生ひとりのままだったりして……）

生真面目《きまじめ》に律儀に物事を受けとめてしまう自分が、そう簡単に気持ちを切り替えられるとは思えない。

なんとか切り替えることができたとしても、新しい恋に踏《ふ》み出せるとも思えなかった。

（僕は、航平くんがいい）

他《ほか》の人はいらない。

最初は流されるようにはじまった関係だったけど、時間と共に確かな恋心が目覚めていた。

はじめての恋愛関係は終了《しゅうりょう》したけど、なによりも大切な命は守ってあげることができた。

予知夢絡《がら》みのことだけに誰《だれ》にも誉《ほ》めてはもらえないが、この誇《ほこ》らしい気持ちが頑張《がんば》ったご褒《ほう》美《び》だと思ってもいいだろう。

それで、もう充分《じゅうぶん》だ。

(もうちょっとだけ一緒《いっしょ》にいようかな)

これ以上一緒にいるのはもう無理だと、一度は退職願を出す決意をしたけれど、自分が守ってあげられたあの命の側にもう少しだけいたい。

本来ならば無かったかもしれない未来を生きていくその姿を見ることもまた、今の広生にとってはご褒美みたいなものだから……。

「あんまり湯船に浸かっちゃ駄目なんだっけ」

身体を洗い終わった後、ぼけっと湯船に浸かっていた広生は慌《あわ》てて立ち上がり、軽い立ちくらみを覚えて湯船の縁《ふち》に片手で咄嗟《とっさ》に摑《つか》まった。

「……危なかった」

服に染みるほど出血してしまったのだから、血の量が足りていないんだろう。

ヨタヨタとバスルームを出て腕を覆《おお》うビニール袋を外し、パジャマに着替えた。

きちんと髪《かみ》を乾《かわ》かしてからリビングに戻ったが、そこに航平の姿はない。

「あれ？」

トイレかな？　とドアをノックしてみたが、返事がない。

だったら寝室に？　と和室の襖《ふすま》を開けたが、そこにも姿がない。

もしかしてと慌てて玄関《げんかん》先に行って、そこに航平の靴がないことを見て酷《ひど》くがっかりした。

「もう帰っちゃったのか」

せめて、なにかひと言言ってから帰ればいいのに、と少し恨《うら》めしく思う。

と同時に、こんな風に唐突《とうとつ》にいなくなるなんて航平らしくないとも感じた。

(普通《ふつう》だったら、ちゃんと挨拶《あいさつ》してくれるのに……。——あ、もしかして)

さっき、髪を洗ってくれたことに対するお礼を言わないまま、無理矢理《むりやり》バスルームから追い出してしまった。

いつもだったら律儀《りちぎ》にお礼を言っている広生だけに、あの態度はあまりにも感じが悪すぎたのかもしれない。

(それで、怒《おこ》って帰っちゃった？)

でも、いきなり帰るなんてあんまりだ。今まで縫《ぬ》うほどの怪我《けが》をしたことなんてなかったから、本当は少しひとりでいるのが不安だったのに……。

急に放り出された寂《さび》しさと不安とで途方《とほう》に暮れていた広生の胸の中に、ふつふつと不満が湧《わ》いてくる。

(怒ったんなら、そう言ってくれればよかったんだ)

そうしたら謝ることだってできるし、もう少しだけ側にいてくれと頼《たの》むこともできていた。

(そうだよ。別れたかったんなら、はっきり言ってくれればよかったんだ)

あんな風にさらりとフェイドアウトしたりなんかしないで、もう飽《あ》きたから別れようと言ってくれればよかったのだ。

そうしてくれていたら中途半端《ちゅうとはんぱ》に悩《なや》むこともなく、わかった、と頷《うなず》くことだってできていた。

気持ちの切り替えだって、今よりもっと楽にできていたかもしれない。

飽きられたんなら仕方ないと、もっと簡単に航平を諦《あきら》めることだってできていたかもしれないのに……。

「……ああ、でも、そんなの嫌《いや》だ。諦めたくない」

心の中ではそう考えていたのに、口からは思いがけず正反対の言葉が零《こぼ》れていた。

「別れたくなんかないのに……」

目から大粒《おおつぶ》の涙《なみだ》が零れてきて、ぼたぼたっと床《ゆか》に落ちる。

広生はずっと、恋人との別れというはじめての体験を、理詰《りづ》めで考えて自分を納得《なっとく》させてきた。

飽きられたんなら仕方ない。

気持ちが離《はな》れたのなら仕方ないと……。

でも、先行していた理性に、遅《おく》ればせながら感情が追いついてきたみたいだ。

突然《とつぜん》放り出すなんて酷い。

そっちから熱烈《ねつれつ》にアプローチしてきた癖《くせ》にと、恨み言にも似た想いが、次から次へと胸に湧《わ》いてくる。

（こんな感情、みっともない）

でも、これが自分の本心だ。

鈍《にぶ》いうえにはじめての経験で、気づくのが遅れてしまっただけで……。

「今さら気づいたって手遅れなのに……」

あの帰り際《ぎわ》、『志藤さん』と呼ばれたときに、どうして今までのように『広生さん』と呼んでくれないのかとちゃんと聞けばよかった。

別れたいと言外に仄《ほの》めかされているんだろうか？　だなんて、先回りして気を遣《つか》ったり、どんな対応がスマートなんだろうなんて冷静に考えたりせず、ちゃんと真意を聞けばよかった。

ちゃんとした気持ちを聞いていたら、今のこの感情だってもうちょっと早く表に出てきていたかもしれない。

恋人として自分が至らなかったところとか、自分のどこが悪かったのかぐらいは聞けたかもしれないのに……。

「言ってくれたら、僕だって直す努力をしたのに……」

会社だって三ヶ月の猶予《ゆうよ》をくれたというのに、航平はその機会も与《あた》えてくれなかった。

こんなのは、あんまりだと思う。

「僕が鈍いってことぐらい、知ってる癖に……」

涙で視界が滲《にじ》んで頭がぐらぐらする。

立っていられなくなった広生は、玄関先にぺたんと尻餅《しりもち》をついた。

（ああ、僕、航平くんに要求してばかりだ）

気遣いが上手《うま》い航平なら、自分みたいな鈍臭《どんくさ》い人間だって上手に扱《あつか》ってくれるはずだと、いつの間にか甘えきっていた。

航平が先回りしてあれこれ誘《さそ》ってくれたり促《うなが》してくれたりするから、すっかり甘えて自分からは行動を起こさなくなっていたし……。

(そういうところが、面倒《めんどう》になったのかな)

誘われるまま航平の部屋にお邪魔《じゃま》して甘やかされてばかりで、自分から誘ったりしなかった。

これでは、対等な関係じゃない。

あまりにも一方的すぎる。

それで重くなって、駄目《だめ》になってしまったんだろうか?

「だって、はじめてだったから……」

普通の恋人同士がどんな風につき合っているのか、さっぱりわからなかったのだ。

だから間違《まちが》ってしまっただけで、教えてくれていたら直せていたはずだった。

(ああ、嫌だ。僕、また航平くんのせいにしようとしてる)

この期《ご》に及《およ》んでも、すっかり航平に甘えている証拠《しょうこ》だ。

そんな自分が情けなくて、広生は玄関先でぼろぼろと泣き続ける。

しばらくして、玄関の向こうの通路から慌ただしく走る足音が聞こえてきた。

(隣《となり》の部屋の人かな)

普段《ふだん》は走ったりしないのにどうしたんだろうと思っていると、広生の部屋の玄関のドアがガチャッと大きく開く。

「――あ」

そこから顔を出したのは航平だった。

「広生さん⁉　こんな所でどうしたの？」

玄関先でぺたんと座り込み泣きべそをかいている広生を見て、航平はびっくりしたように部屋の中に入ってきて顔を覗《のぞ》き込んでくる。

「傷が痛む？」

「そうじゃ……なくて……。君が帰っちゃったかと思ったから……」

「ああ、違うよ。寝《ね》る前に痛み止め飲まなきゃいけないだろう？　だからなにかお腹《なか》に入れないとと思ったんだけど、俺、お粥《かゆ》とか作れないし……。だからほら、コンビニでレトルトのお粥買ってきたんだ」

航平が白いコンビニの袋《ふくろ》を掲《かか》げた。

「……僕のため？」

「そうだよ。……ひと言言ってから出るとよかったね」

ごめんね？　と優《やさ》しく謝られて、またぶわっと涙が出てきた。

「ひ、広生さん、大丈夫《だいじょうぶ》？」

慌てる航平に、「大丈夫じゃない！」と、広生は涙声で訴《うった》えた。

「ぼ、僕は、君と別れたくなんかなかったんだ！　昨日までは恋人《こいびと》だったのに、今日からは同《どう》僚《りょう》だなんて、そんなに器用に気持ちを切り替《か》えることなんて僕にはできない。ま、まだこんなに好きなのに……。別れるなら別れるで、ちゃんと理由を言って、予告してくれてからじゃないと困るよ。僕は、君みたいに器用な人間じゃないんだから！」

自分でも理不尽《りふじん》なことを言っている自覚はあったが、もう止まらなかった。

いま言わないと、きっと二度と言えない。

自分の想《おも》いを言えないまま別れてしまうのは嫌だ。

「ちょ、ちょっと待ってよ、広生さん。なに言ってんの？　別れたって、どういうこと？」

「だって、急に『志藤さん』に戻《もど》ったじゃないか。だから僕は、元の同僚に戻ろうってことだろうって判断して……」

「違う！　それ、違うから。あれは、広生さんの反応をちょっと試《ため》してみただけで」

「……試した？」

広生はきょとんとした。

「どうして？」

「あの頃《ころ》、広生さん徐々《じょじょ》によそよそしくなってきてたし……。無理に押すより、ちょっと距離《きょり》を置いたほうがいいのかと思って、ちょっと反応を試してみたんだ。で、もう一度じっくり時間かけて心を開いてもらおうかと思ってたんだけど……」

違った？　と聞かれた広生は、珍《めずら》しく、かっと頭に血を上らせた。

「よそよそしかったのは君のほうじゃないか！　僕が本当に予知夢を見ていたのが気持ち悪か

ったんじゃないのか？　それで急に冷《さ》めて、よそよそしくなったんだろ？」

「ち、違うって！　予知夢のことは、そりゃびっくりしたけど、気持ち悪いなんて思わないよ。俺にとっては、ずっと好きだった広生さんに告白するきっかけになってくれたわけだし」

むしろ歓迎《かんげい》するよと、航平が言う。

「ずっと？」

ずっと、という言葉は曖昧《あいまい》すぎて、広生は判断に悩《なや》む。

「……それって、具体的にどれぐらい？」

「具体的？」

広生さんらしいなぁと、航平は緊張感《きんちょうかん》が抜《ぬ》けたようにふっと微笑《ほほえ》んだ。

「俺が広生さんに一目惚《ぼ》れしたのが、ちょうど一年前ぐらい。それからずっとアプローチしてたのに、広生さんは書類見てるかパソコン画面見てるかで、ちっとも俺のこと見てくれてなかったんだ。どうやったら気づいてもらえるかって、けっこう真剣《しんけん》に悩んでたんだからな」

「僕にアプローチするのに真剣に悩んだなんて、なんか信じられない」

「どうして？」

「航平くんは恋愛《れんあい》経験が豊富なんだろう？」

「そりゃ……遊んでたのは否定しないけど、でも恋愛経験は豊富じゃない。っていうか、ちゃんとした恋愛はしたことがなかったんだなあって、広生さんとこうなってからはじめて気づいたぐらいだ」

「本当に？」

「うん。俺だって不安で、ずっと手探《てさぐ》り状態だったんだ。……俺が積極的に押してるから仕方なく広生さんもそれにつき合ってくれてるだけで、本当はそんなに好きじゃないのかもって、けっこう不安だったしさ」

（それで、さっき……）

俺に住所が知られるのが嫌《いや》なら……と、拗《す》ねたように言ったのかと、今度はすんなり納得《なっとく》できた。

「じゃあ、今でもまだ僕のことが？」

「好きだよ。決まってるだろ。ずっと前から、広生さんしか見えてないんだから」

「……ずっと」

「そう。ずっと」

具体的には一年前から……と、航平がちょっとふざけたような口調で言う。

「一年前から」

「そう。一年前からずっと好きだった。今でも、もちろん大好きだよ」

「今でも……」

「そう、今でも好き。こんなに好きになったのは、後にも先にも広生さんだけだ」

「僕だけ？」

「そう、広生さんだけ」

鈍《にぶ》い広生のペースに合わせるように、航平が噛《か》んで含《ふく》めるように言う。

「俺の言ってること、信じてくれる？」

最後に心配そうに聞かれた。

「……信じても、いいのかな？」

「もちろん。――信じて欲しい……です」

航平は妙《みょう》に緊張した顔をして言った。

その顔は、まるで神妙《しんみょう》な態度で採点の結果を待っている子供みたいだ。

（……可愛《かわい》い）

航平には悪いけれど、航平もまた自分と同じように不安なんだと思うと、なんだかとてもほっとする。

「わかった。信じる」

「ああ、よかったぁ」

ありがとう！　とぎゅっと航平に抱《だ》き締《し》められる。

その無邪気《むじゃき》な喜びっぷりが嬉《うれ》しかった広生は、むふっと口元をほころばせた。

そうこうしている間にも少し熱が出てきたようで、航平が温めてくれたレトルトの梅粥《がゆ》を急いで食べさせられた。

デザートには、コンビニのシュークリームが一個だけ。

なんだかひとりで食べるのがもったいなくて、ふたりで半分こにした。

病院から貰ってきた鎮痛解熱剤《ちんつうげねつざい》を飲むと、「早く寝て」とベッドに追い立てられる。

「さっき、冷却《れいきゃく》シートも一緒《いっしょ》に買ってきておけばよかったな」

その代わりにと、航平が冷凍庫《れいとうこ》から見つけ出した保冷剤を湿《しめ》らしたタオルにくるんで額にあててくれる。

「ああ、気持ちいい」

熱のせいで、ほうっと吐《は》いた息までもが少し熱い。

タオルを絞《しぼ》ったばかりだからか、頬《ほお》に触《ふ》れる航平の指先も冷たくて気持ちよかった。


知らぬ間に、うとうととしていたらしい。

ふと目覚めたら、常夜灯の薄明《うすあ》かりに照らされた部屋の中、ベッドにもたれかかるようにして眠《ねむ》っている航平の頭がすぐ脇《わき》にあった。

「航平くん、風邪《かぜ》引くよ」

暖房《だんぼう》がまだぎりぎり必要ない季節。

なにもかけずに寝たりしたら、広生だったら確実に風邪を引く。

「あ、ああ……。広生さん、熱は？」

目覚めてすぐ、航平は広生の額に手をあて、「下がったみたいだな」とほっとした顔をした。

「薬が効いたんだよ。普段《ふだん》、あんまり飲まないから」

「そう。よかった」

「いま何時なのかな？　そろそろ帰ったほうがよくない？」

「無理だよ。もう終電ないから。俺が泊《と》まるの嫌？」

「そんなことないよ。ただ、家、客用の布団《ふとん》ないし……。——狭《せま》いけど、こっち入る？」

布団を持ちあげると、少しためらってから、お言葉に甘えてともそもそと入ってきた。

さすがにシングルベッドに男ふたりは狭い。

熱が引けたばかりの広生を気遣《きづか》って、航平は横向きになって広生の顔を心配そうに見つめた。

「傷、痛くない？」

「平気。こっちも薬が効いてるみたいだから」

「ごめん、俺が側にいたのに怪我《けが》なんかさせて……」

情けないな、と言う航平に、「そんなことないよ」と広生は微笑みかけた。

「僕がわざと航平くんより先に前に出たんだから」

「じゃあ、やっぱりそうなんだ……」

「え？」

「例の癖《くせ》で、なにか起きるのがわかってたんだろ？」

考えすぎるあまりいつも行動がワンテンポ遅《おく》れる傾向《けいこう》のある広生が、あのときに限っては素《す》早《ばや》く動けていたのがなにか奇妙《きみよう》だった。病院で治療《ちりよう》を受ける広生を見守っているうちに、もしかしたらと……考えはじめたのだと航平が言う。

（今度は、ちゃんと信じてくれてたんだ）

予知夢を見る癖を本当だと信じてくれていたからこそ、言わずとも気づいてくれたんだろう。信じてもらえていたという安堵感《あんどかん》に、胸がふわっと軽くなる。

嬉しくて、広生はふんわりと微笑んだ。

「うん、正解。――夢の中で、あの男に刺《さ》されて航平くんが床《ゆか》に倒《たお》れてたんだ……。だから、わざと航平くんよりドア寄りに座ったんだ」

「なんでそれ、俺に言わないんだよ！」

怖《こわ》い顔になった航平が、ガバッと起き上がる。

その勢いに、広生は軽く首をすくめた。

「信じてもらえないかもしれないし、それに気持ち悪いと思われたら嫌だし……」

「気持ち悪いなんて、思うわけないだろ!?」

「そうは言っても、あのときはそれがわからなかったから」

不安だったんだと素直《すなお》な気持ちを言うと、ごめん、と航平は萎《しお》れた。

「僕だって、怪我なんてする気はなかったんだよ？　だから、ずっと鞄《かばん》を手元に置いたままにしておいて、盾《たて》にしたんだし……。でも、あの事務員さん達のお蔭《かげ》で助かったな。女の人って、けっこう強いもんなんだね」

「あれは、広生さんがあの男の気を引いていてくれたからできたことじゃないかな。あの子達だってかなり怖がってたみたいだし」

「ああ、そうかも……」

きもいー、こわいーと叫《さけ》びながら、無我夢中でモップで男を叩《たた》きのめしていた女性社員を思い出して、広生は小さく笑った。

「……変なこと聞くけど、その予知夢の中で、俺ってどういう状態だった？」

「僕が見たのは、一分程度の短いシーンだったから、その前後はわからないんだけど……。航平くんは俯《うつぶ》せで床に倒れてたよ。それで……その身体の下から、血がどんどん溢《あふ》れ出てきてた。すぐに駆《か》け寄って傷口を押さえたかったのに、夢の中だから動けなくて……」

じわり、と面積を広げていく血溜《ちだ》まりを思い出す。

あの血溜まりは航平の命そのものだ。

命が身体から抜《ぬ》け出そうとしていたのだと、今さらながら広生は恐《おそ》ろしくて身震《みぶる》いした。

「夢の中で自由に動けないんだ？」

「普通《ふつう》の夢だったら動けるけど、予知夢の場合は勝手が違《ちが》うから……。未来の自分の身体の中に無理矢理《むりやり》押し込まれて、事態をただ眺《なが》めさせられてる感覚なんだ」

視線も動かせないし声も出せないと言うと、予知夢だもんなぁと、改めて航平は感心したようだった。

「じゃあ、広生さんは俺の命の恩人だ」

ありがとう、と航平がしみじみと言う。

（お礼を言われちゃった）

疑われたことはあったが、予知夢絡《がら》みでお礼を言われるなんてはじめてのことだ。

嬉しくなった広生は、むふっと口元をほころばせる。

その途端、航平はすいっと広生に背中を向けて、ベッドの端《はし》に座った。

「……航平くん？」

「いや、あの……俺、やっぱり向こうで寝《ね》る」

「風邪引くよ？」

「毛布かなにか貸してもらえれば平気。こっちにいると、ちょっとやばそうだし……」

（やばいって……）

それがどういう意味なのか、二度目だけにすぐにわかった。

わかって、なんだか酷《ひど》くほっとする。

「毛布どこ？」

立ち上がった航平が聞いてきたが、広生はあえてそれを無視した。

「航平くん、僕としたい？」

ベッドの上にゆっくりと起き上がった広生が聞くと、航平はあからさまにギクッとする。

「やばいって、そういう意味だよね？」

「……うん。そう」

「僕もだよ」

「――え？」

「僕も、航平くんとしたい。さっき、バスルームから追い出しちゃったのだって、なんか変な気分になっちゃったからだし……」

「俺に欲情したってこと？」

「そう……いうことになるのかな」

欲情、という言葉のインパクトに狼狽《うろた》えつつも、素直に頷《うなず》いた。

「ずっと寂《さび》しかったんだ。もう、あんな風に触《さわ》ってもらえないんだなって……。だから、できればこっちにきて、僕と一緒に……その……寝て欲しいんだけど」

自然にベッドに誘《さそ》う言葉がどうしても思いつかなくて、妙にぎこちなくなってしまう。

それでも充分《じゅうぶん》に意思は通じたようで、航平はベッド脇に戻《もど》ってきて、屈《かが》み込んで広生の唇《くちびる》にそっと触れるだけのキスをしてくれた。

「これ以上のことをすると、さすがに傷に障《さわ》りそうな気がするんだけど……」

「それなら、少しぐらいなら大丈夫《だいじょうぶ》。どうせ、明日は休むつもりだから」

怪我したのは利《き》き腕《うで》だし、鎮痛《ちんつう》解熱剤が切れた状態でどうなるかもわからないから、とりあえず一日だけは様子見で休もうと思っていたのだ。

広生がそう説明すると、「それ、賛成」と航平がほっとしたように笑った。

それだけじゃなく、「俺も広生さんと一緒に休んじゃおうかな」などと、とんでもないことを言い出すものだから、広生は「それは駄目《だめ》！」と慌《あわ》てて止めた。

「君は無傷なんだから出勤しなきゃ駄目だ。今日のことだって携帯連絡《けいたいれんらく》だけで直接はまだ報告してないんだし、ちゃんと明日出勤して、なにがあったか報告しなきゃ」

まだ試用期間中だから、航平は広生の指導員なのだ。

仕事中に広生が怪我をしたとなれば、責任問題とかが発生しかねない。

そうならないためにも、あの事件があまり大事にならないように、先回りしてたいしたことがないのだと言っておいたほうがいい。

広生がそう説得すると、航平は本当に嬉《うれ》しそうににっこり笑った。

「俺さ、広生さんのそういうところが好きなんだ。って、言ったことあったっけ？」

「ないけど……。そういうところって？」

「そうやって、真面目《まじめ》に怒《おこ》るところ」

「怒られたいってこと？」

広生はわけがわからず首を傾《かし》げた。

「いや、そういうんじゃなくて――ってか、もう、いいや。変に意識されたらつまらないし……。――俺は、広生さんの、広生さんらしいところを好きになったんだ。それだけ覚えてて」

「僕の、僕らしいところ？」

律儀《りちぎ》で生真面目、対人スキルが低いうえに鈍臭《どんくさ》く、たまに会話についていけないこともある。

今もまた、航平の言わんとしていることがピンと来なくて、どういう意味だろうと、律儀に真剣《しんけん》に考えてしまう。

「だから、今は考えなくていいんだって……。――こっちに、感じることだけに集中してよ」

ね？　と囁《ささや》く唇が、ゆっくりと広生に近づいてくる。

広生は腕を伸《の》ばして下りてくる身体を抱《だ》き留め、言われるままに感じることだけに集中することにした。

本気の恋《こい》をしたことで、広生は今まで知らなかった自分を発見した。

感情を爆発《ばくはつ》させて泣きじゃくったり、怒って怒鳴《どな》ってみたりと、今までの自分からは考えられないことばかりだ。

恋って凄《すご》いなと、しみじみ思う。

(僕の身体も変わっちゃってる)

航平にしっとりとキスされて、耳元をくすぐられて脇腹《わきばら》を撫《な》でられて、ただそれだけでそこが昂《たか》ぶってしまっている。

最近ずっとご無沙汰《ぶさた》だったせいもあるだろうが、キスひとつでこれとは自分でもびっくりだ。

航平は、その変化に目敏《めざと》く気づいた。

「広生さん、まだ駄目」

「なにが？」

「フェラ。もっともっと広生さんを気持ちよくしてあげたいし、俺も、もっと広生さんのいいところを知りたいから……」

お願い、させてよ、と甘えたように言われて、広生はぐっと返事に詰《つ》まった。

（恥《は》ずかしいんだけど……）

でも、常夜灯しかついていないこの薄暗《うすぐら》さなら、恥ずかしさも半減するかもしれない。

恋人の要求を、恥ずかしいからといっていつまでも拒《こば》んでばかりもいられないし……。

「……いいよ」

おずおずと頷くと、航平は大喜びして、パジャマの下ごと広生の下着をはぎ取った。

「もう雫《しずく》が零《こぼ》れてるんだ。……ずっとしてなかった？」

「うん」

そこに触《ふ》れて性の喜びを感じるのが怖《こわ》かった。

その喜びは、航平との甘い思い出に直結しているから……。

「じゃあ、いっぱい可愛《かわい》がってあげるね」

ちゅっと直接キスされて、「ひゃっ」と間抜けな声が唇から零れた。

指で擦《こす》りながら美味《おい》しそうに舐《な》め上げられ、舌先で先端《せんたん》を突《つつ》かれて、今度は「ふあっ」と甘えたような鼻声が零れる。

「ピクピクしててほんとに可愛いな。可愛くて食べちゃいたいって気持ちが、なんだかよくわかるよ」

（この場合の可愛いは……）

誉《ほ》め言葉だろうか？

可愛くて食べちゃいたいという慣用句は、基本的に子供に使われるものだ。

（子供　イコール　小さいってこと？）

広生は内心で首を傾げていたのだが、いきなり咥《くわ》えられ、唇で強く擦り上げられて、一気に迫《せ》り上がってきた快感にそんなことどうでもよくなった。

「あ……やあ。……やだぁ、とける」

熱い口内に呑《の》み込まれて、そこから身体がドロドロに溶《と》けていきそうな甘い痺《しび》れに喘《あえ》ぐ。

そんな広生の声に煽《あお》られるように、航平は更《さら》に喉《のど》の奥深くまで広生を呑み込み、ずるるっと唇で擦り上げていく。

「んん……ふっ……。——あっ！」

何度もそんな風に擦り上げられ、最後に舌先で先端をほじくるように突かれて、こらえきれずにぶるっと身を震《ふる》わせて広生は達《い》った。

「ね？　気持ちよかっただろ？」

広生が放ったものを、なんのためらいもなく飲んだ後に航平が幸せそうに言う。

「……ん」

ありがと、と荒《あら》い息を吐《は》きながら囁くと、航平がちゅっと愛《いと》おしそうに額にキスを落とす。

「この部屋に、潤滑剤《じゅんかつざい》……なんてあるわけないよね？」

聞かれて、広生は頷いた。

「スキンもないけど……。ないと駄目？　できない？」

「できるけど、ちょっと痛いかもしれないよ？」

「平気。今したいから……」

して、とねだると、航平は嬉しそうに目を細めた。

「わかった。……ちょっとだけ、恥ずかしいの我慢《がまん》してね」

「え？」

どういうこと？　と聞くより先に、ぐいっと両足を抱《かか》え上げられ、航平の視界に晒《さら》された秘部にちゅっとキスされた。

「な、なにしてるの？」

「こうして唾液《だえき》で濡《ぬ》らして慣らすんだよ。腕がそんなだから、俯《うつぶ》せになるのは無理だろう？」

「それはそうだけど……」

でも恥ずかしい、と訴《うった》えるより先に、航平の舌がそこをくすぐってくる。

「んっ」

ひくっとそこが収縮して、同時に航平に覚えさせられた快感がじわりと滲《にじ》み出てくる。

もっと欲しい、と勝手に腰《こし》が揺《ゆ》れてしまい広生は恥ずかしさに真っ赤になった。

「恥ずかしい？　でも、これもけっこう気持ちいいだろ？」

広生の答えを待たずに、再び航平がそこに舌をはわせる。

「んん……ふっ……」

そこから聞こえてくる濡れた音が妙《みょう》に気恥ずかしい。

同時に、自分の身体が嬉々《きき》としてその前戯を受け入れ、柔《やわ》らかくなっていくのがわかった。

「や……航平くん、もう……」

駄目《だめ》、とはっきり言うと、航平が顔を上げる。

「やっぱり恥ずかしくて駄目？」

「そう……じゃなくて……。あの……もう……」

欲しい、と続けるのが恥ずかしくて、広生は真っ赤になったまま言葉に詰まる。

航平は、そんな広生の様子を見て、言いたいことを悟《さと》ったらしい。

足を放《はな》すと、ずり上がってきて、顔を覗《のぞ》き込んできた。

「なに？　言って」

「……言わなくてもわかってるんだろ？」

恥ずかしいことをわざと言わせたがる航平に、広生はちょっとむっとした。

「わかってるけど、言わせたいものなんだよ」

「意地悪だ」

「違《ちが》うって……。――大好きな人に求めてもらえるのって、すっごい幸せだから」

広生さんが教えてくれたんだよ、と航平が言う。

「僕が？」

「そう。今まで本気で好きになれた人はいなかったから、こんな気持ちになるのははじめてなんだ。もっともっと、この幸せな気分を味わいたいんだよ」

だから言って？　と航平が甘えた声で囁く。

（……もう、可愛いな）

そして広生は、あっさり白旗を掲げた。

――航平くんが欲しい、挿《い》れて……。

そう、ねだると、また膝裏《ひざうら》を抱え上げられて、そこに熱いものが押し当てられた。

「痛かったら言って……」

「ん」と、頷《うなず》くと、ぐぐっと熱が身体の中にめり込んでくる。

（……っ。久しぶりだし、さすがにちょっと……）

いつも航平は、広生の身体を傷つけないよう充分《じゅうぶん》に気を遣ってくれていた。

専用の潤滑剤を使えば、ぬるっと比較的《ひかくてき》簡単に挿入《そうにゅう》できるのに、唾液で濡らしただけだとさすがに擦れる感じがして痛みがある。

でも、それを言う気はなかった。

途中《とちゅう》で中断されるなんて嫌だったから……。

「航平くん」

ゆっくりと身を沈《しず》めてくる航平の熱い身体に腕《うで》を伸《の》ばすと、「右手は駄目だよ」と航平に止められた。

「傷が開くといけない」

「……わかった」

とりあえず頷いて、左手だけでしがみつく。

が、理性が吹っ飛《ふ》べば、そんな気遣《きづか》いなんてしてられなくなるのもわかっていた。

今だって、挿入の痛みを感じているのに、それ以上の甘い疼《うず》きが身体の奥からじわりと湧き上がってくるのを感じてる。

航平がすべてを収めて、ゆっくりと動き出せば、この甘い疼きが全身を支配して、愛しい人の身体を味わうことしか考えられなくなる。

とろりと甘く、濃密《のうみつ》な愛おしい時間に酔《よ》いしれる幸せを何度でも味わいたくて……。

(全部、航平くんが教えてくれたんだ)

恋《こい》の甘さ、身体で味わう喜び、そして喪失《そうしつ》の不安も……。

今の広生は、恋人を失うかもしれない怖《こわ》さを知ってしまったから、以前のようにただ与《あた》えられる楽しさや喜びに無邪気《むじゃき》に喜ぶことはできなくなった。

この恋が終わらないよう、この愛おしい命が途切《とぎ》れないようにと、日々心配して心を砕《くだ》き続けるだろう。

でも、その不安すらも、甘く愛おしい。

やがて、航平がゆっくり慣らすように動き出す。

「……あっ……航平くん、……もっと……」

やはり少しだけ痛みを感じたが、それに勝《まさ》る喜びに、広生は甘い声を出した。

(なくさなくてよかった)

またこうして、熱く抱《だ》き合えることが幸せで仕方ない。

激しく、何度も身体の奥を突《つ》き上げる熱に、広生は喜びの声を上げた。

「広生さん、気持ちいい？」

「ん……いい。ああっ……、航平くん……は？」

「いいよ、いい。……すごく、いい」

耳元に吹き込まれる熱い息に、ぞくぞくっと身体の芯《しん》が震える。

ぐっぐっと何度も突き上げてくる航平の動きに合わせて、広生の身体は甘く収縮し、愛おしい熱をもっと感じようときゅうっと締《し》めつける。

「——あっ……航平くん、……もう……」

「ん、俺も……」

一緒《いっしょ》に、と耳元で囁《ささや》かれ、こくこくと何度も頷く。

そのタイミングを合わせる術《すべ》を、自分の身体がいつの間にか覚えてしまっていることが、なんだか酷《ひど》く嬉《うれ》しいと感じられた。

「広生さんっ」

「航平くん、あ……ああっ……。——んあっ！」

ぐぐっと一際《ひときわ》深く突き上げられて、ぶるっと身を震わせる。

身体の奥に、直接熱い衝撃《しょうげき》を感じた。

（……嬉しい）

この上ない幸せを身体と心の両方で味わいながら、広生は愛《いと》しい恋人の腕の中で安心してその意識を手放していた。

7

翌日、会社に行った航平がいったいどんな風に説明したのかわからないが、広生が部屋で大人しく寝《ね》ていると営業部長から携帯《けいたい》に電話が入って、『よくやった』と誉《ほ》められてしまった。

『上層部も君の勇気に感心しているよ。とりあえず、今週はゆっくり休むといい』

一瞬《いっしゅん》、このまま会社に出なくてもいいと言われているのかと不安になったが、部長の口ぶりからしてそんな感じじゃなかった。

むしろ、ヒーロー扱《あつか》いされている気配がして、なんだかむず痒《がゆ》い。

そんな広生の印象は大当たりで、週明けに会社に行くと、すっかり営業部内でヒーローになってしまっていた。

どうやら、営業先の女性社員達を身をもって庇《かば》って名誉《めいよ》の負傷をした、という話になっているらしい。

広生が庇いたかったのは航平で、庇うというより女性社員達に助けられたようなものだから、かなり航平が話を盛ったようだ。

広生は律儀《りちぎ》に訂正《ていせい》しようとしたが、「ここは俺に任せといて」と航平に止められて、渋々《しぶしぶ》引き下がった。

広生が庇ったことになっている女性社員達には、航平と一緒に挨拶《あいさつ》に行った。

そうしたら、そのままデパートに引っ張って行かれ、彼女達が選んだ高級スーツを一式プレゼントされてしまった。

スポンサーは松野社長だ。

「うちの子達に怪我《けが》がなかったのは、志藤くんのお蔭《かげ》だから……。あたしのトラブルに巻き込んでしまって、本当に申し訳なかったわ」

などと本気で感謝されてしまって、「お礼になんでも契約《けいやく》する」とも言われてしまった。

だが広生は、「それは駄目《だめ》です」と慌《あわ》てて断った。

なんの計画性もなく高額の契約を結ぶだなんて、とてもじゃないが認められない。

役に立つと思われるプランがあったら是非《ぜひ》よろしくお願いしますとちゃんと説明して、本当に必要だと思われるプランを契約してもらえることになった。

だが、本契約は、広生ではなく航平の名前で結んでもらうことにした。

広生には営業を続けるつもりがないし、実績を上げても無意味だから、元々の担当である航平が窓口になったほうがいいと思ったのだ。

それに、この時点で広生は、営業から別の部署への異動が決まっていた。

異動先は、元いた部署である経理だ。

ずっと一緒に働いてきた佐藤が、転勤で遠距離《えんきょり》恋愛《れんあい》になる彼氏との結婚《けっこん》を決意して、寿退社することになったのだ。

「安定した今の仕事をなくすのが怖くてためらってたんですけど、この間、志藤さんと話してたら、なんだか変化するのも悪くないのかなぁって思えてきて……」

それで、彼氏からのプロポーズをOKする気になれたのだとか。

退職して結婚したら、しばらくは就職しないで専業主婦をやりつつ、アロマテラピーやマッサージの資格を取る勉強をしようと思ってるとも佐藤は言った。

「この会社にずっといようって思ってたときは、興味はあっても、資格を取るまでもないかなぁって思ってたんですけど……」

会社を辞《や》めると決めた途端《とたん》、やりたいことが次から次へと見つかって自分でもびっくりしてると嬉しそうだ。

結婚式には呼んでくれるそうで、今から楽しみだ。


テニスはいまだに保留のまま、一度もラケットを握《にぎ》っていない。

腕《うで》の傷の抜糸《ばっし》はとっくに終わったし傷も完全に塞《ふさ》がったのに、いま無理すると後で傷が痛むかもしれないから暖かくなるまでお預けだと、妙《みょう》なところで過保護な航平から宣告されているのだ。

だから今は休日ごとにどちらかの家に行って、航平にソフトの操作法や料理を教えたり、まったりしつこくDVDを見ては、広生が理解しきれない内容のあれこれを航平に解説してもらったりしている。

予知夢はいまだに見ているが、あんな怖い夢はあれっきりで、また他愛《たあい》のないものばかりに戻《もど》った。

ただ、その内容にひとつだけ大きな変化があった。

自分のことだけでなく、自分が側にいないときの航平の身にまつわる幸不幸の予知夢まで見るようになってしまったのだ。

「僕はその場にいないのに、なんで見ちゃうんだろう？」

この場合、航平の視点から予知夢を見てしまうのも不思議だ。

広生が首を傾《かし》げていると、航平は妙に嬉しげな顔をした。

「それってさ、俺のことを自分の一部みたいに感じてるってことじゃないのかな？」

「そうなの……かな？」

そもそも、予知夢を見るこの癖《くせ》のシステム自体がよくわからないから、なんとも言えない。

だが、広生もなんとなくそうなんじゃないかなとは感じていた。

航平が幸せなら広生も幸せだし、不幸なら広生も不幸だ。

だから、航平絡《がら》みの幸不幸も、予知夢として見るようになってしまっているんじゃないかと……。

「あー、でもさ。いつ予知夢に見られるかわかんないから、俺もう浮気《うわき》できないな」

唐突《とうとつ》にふざけた口調で航平に言われ、広生はビクッと硬直《こうちょく》してしまった。

「う……わき、してるのか？」

ずっと好きで、本気だったとしても、浮気ができてしまうものなのだろうか？

広生の常識からは考えられない話だ。

「してたらどうする？」

「どうするって……」

みっともなく狼狽《うろた》えるような真似《まね》はしたくない。

だから、とりあえず一度きりだったらなかったこととして忘れるし、長く続いて浮気が本気になるようだったら、そのときは、それなりに覚悟《かくご》を決めなきゃいけない。

などと、じっくり冷静に考えてみたのだが……。

(そんなの、無理だ)

仕事のトラブルだったら冷静に状況《じょうきょう》を分析《ぶんせき》して、ひとつひとつ解決していくことができるけれど、恋愛ではそうはいかないと今の広生は知っている。

理詰《りづ》めで考えて自分を納得《なっとく》させようとしても、感情がそれを裏切って暴れ出す結果になるだけだってことを、身をもって体験したから……。

「……ゆ」

「ゆ？」

「ゆるさない」

広生はきっぱりと言った。

「そういう、ちゃらんぽらんなのは大嫌《だいきら》いだ。僕はちゃんと真面目《まじめ》に航平くんに向き合ってるんだから、同等の扱いをしてくれなきゃ許さない」

「許さないのか。で、どうするの？」

「どうするって、それはやっぱり怒《おこ》るよ」

「怒るのか。それ、いいね。それから？」

「それから……」

どんなに怒ったって、起きてしまった裏切りはなかったことにはならない。飽《あ》きられて心が離《はな》れてしまったら、きっと取り戻すことはできないだろう。

だから……。

「……泣く」

この前みたいに、感情が爆発《ばくはつ》して泣いて怒るに決まってる。

みっともないけど、もうそれ以外にできることはないだろうから……。

「航平くん、いま浮気してる？」

「まさか、するわけないだろ。ずっと好きだった広生さんとこんな風になれたのに、自分から壊《こわ》すような真似は絶対にしない」

「だったら、なんで浮気できないなんて言ったんだ？」

「広生さんの反応が見たかったから」

「僕の？」

「うん。間違《まちが》ったことを言ったら、きっと怒ってくれるだろうなって思って」

（……そんなに怒られたいのかな？）

航平のこういうところは、いまだに広生にはよくわからない。

「でも、この前みたいに泣かれるのは、もう二度とごめんだ。だから絶対に浮気はしない」

信じてくれる？　と航平がちょっと甘えた口調で言う。

広生は即答《そくとう》できず、ひとりで悩《なや》んでしまった。

（なんでこんな、試《ため》すようなこと言うんだろう？）

あんなことを言われたら、こっちが悲しい気持ちになるのもわかっているだろうに……。

そもそも、試さなきゃならない理由がさっぱりわからない。

（航平くんって、ちょっと子供みたいなところがある）

恋人《こいびと》になってはじめて見えてきた、航平のプライベートな一面だ。

「……広生さん？」

返事もしないまま、無言で悩んでいる広生に、さすがの航平も不安になったようだ。

「もしかして、本気で怒った？」

「……怒ってない」

「じゃあ、許してくれるんだ」

「うん。そうだね……。許すよ」

よかった、と航平がにっこり笑う。

会社での完璧《かんぺき》な爽《さわ》やかイケメンスマイルとは違う、子供みたいに無邪気《むじゃき》に笑うその顔。

（……もう、可愛《かわい》いな）

格好よくて頼《たよ》れるばかりじゃなく、どこか子供っぽくて妙に単純なところもあって……。

完璧じゃない航平の素《す》の顔が透《す》けて見えているようなその表情が、とても可愛くて、同時に愛《いと》おしい。

なんだか悔《くや》しいけれど、とても幸せな気分になった広生は、むふっと口元をほころばせた。

お願いしてみる。

（これで完璧だ）

航平は、デパ地下の人気スイーツ店で、あらかじめ注文しておいた苺《いちご》が乗った小ぶりなホールケーキを満足げに受け取った。

地上に出ると、空は真っ青に澄《す》んでいた。

冬場の乾《かわ》いた冷たい風に首をすくめながらも、心はほかほかと温かい。

デパ地下では、ケーキ以外にも、よく冷えたほんのり甘いシャンパンを購入《こうにゅう》した。

そしてバッグの中には、今日のためにあらかじめ購入しておいたプレゼント。

（広生さん、喜んでくれればいいけど……）

航平は浮《う》かれ気分で恋人の待つ部屋へと足早に急ぐ。


風に吹《ふ》かれてくしゃっと乱れた髪《かみ》を手櫛《てぐし》で整え、一分の隙《すき》もないイケメンに戻《もど》してから、広生の部屋の呼び鈴《りん》を押す。

「いらっしゃい」

待ちかまえてくれていたようで、さほど待つこともなくドアが開き、笑顔《えがお》の広生が迎《むか》えてくれる。

広生は、風に吹かれてもすぐに元に戻るさらりとした黒髪の持ち主で、黒縁《くろぶち》眼鏡の下の目も黒目がちだ。

スーツ姿だと生真面目《きまじめ》そうに見えるが、眼鏡を外して私服になると、途端に印象が柔《やわ》らかくなりぐっと可愛くなる。

さほど大きいわけではないが、くりっと丸い目が露《あら》わになると、ちょっと子犬っぽい雰囲気《ふんいき》の童顔に見えてしまうせいだ。

(今日も可愛いなぁ。後であの眼鏡取ってやらなきゃ)

焦《こ》げ茶色の暖かそうなタートルネックのセーターを着た広生に、航平はでれっと目尻《めじり》を下げた。

「ごめん、ちょっと遅《おく》れちゃった」

「十分ぐらい遅れたうちに入らないよ。——どうぞ。外、寒かったでしょう?」

「うん。ちょっとね。でも、すっごい晴れてて気持ちよかった」

玄関《げんかん》先でコートを脱《ぬ》ぎ、招き入れられるまま部屋の中に入った航平は、入ってすぐのダイニングのテーブルに、ケーキ皿とシャンパン用のグラスがきちんと揃《そろ》えてあるのを見てぎょっとした。

「……広生さん。もしかしなくても、見ちゃった?」

航平の視線がテーブルに向いているのを見て、広生は悪戯《いたずら》を見つかった子供のような顔で肩《かた》をすくめた。

 お願いしてみる。

「見ちゃった。——やっぱりこれって、サプライズのつもりだった？」

「うん。……一応ね」

ちょうど来週の半ばに広生の二十七歳の誕生日があるから、前倒《まえだお》しで今日誕生日のお祝いをしようと、航平は一ヶ月前からこっそり計画していたのだ。

が、予知夢を見る癖《くせ》のある恋人には、すべてお見通しだったようだ。

「そうかと思って、とりあえず黙《だま》ってたんだ。話しちゃって、予定が変更《へんこう》になったら悲しいし……。この予知夢を見てから、もうずっと楽しみでしょうがなかったんだよ」

（ああ、気のせいじゃなかったんだな）

今週の広生の笑顔が、いつもよりちょっとだけ明るくて可愛く見えていたのは……。てっきり、惚《ほ》れた欲目度が更《さら》に上がったせいかと思ってしまった。

サプライズが成功しなかったのは残念だが、予知夢を見てからずっとうきうきと楽しく過ごしてくれていたというのなら、それはそれで幸福なことだ。

「それならよかった」

航平はとりあえず満足したが……。

（もうひとつのサプライズは、ばれてないよな？）

広生が見る予知夢は、時間的には一、二分程度だと聞いている。

だから、航平はどこら辺を見たのかを確認《かくにん》するために、「ねえ、広生さん。その予知夢って、どんなシーンだった？」と聞いてみた。

「誕生日おめでとうって、ふたりでこの部屋で乾杯《かんぱい》するところだよ。……だからね、こんなのも用意してみたんだ。さすがに二十七本も蠟燭《ろうそく》を刺《さ》せないと思って」

うきうきと広生が取り出したのは数字をかたどった蠟燭だ。2と7、ちゃんと自分の年齢《ねんれい》のものを準備してある。

「子供の頃《ころ》から、いっぺん蠟燭を吹き消してみたかったんだ」

「いいね、それ」

実は、店からサービスで蠟燭をつけると言われていたが、名前入りのチョコレートプレートだけで充分《じゅうぶん》だろうと断ってしまっていたのだ。

予知夢を見てもらってよかったかも、と航平はこっそり胸を撫《な》で下ろす。

(広生さんって、案外子供っぽいことが好きなんだな)

だったら、これも好きだろうかと思い、「じゃあ、俺がバースデーソングを歌ってあげようか？」と聞くと、広生は嬉《うれ》しそうにふわっと口元をほころばせた。


もうひとつのサプライズは誕生日プレゼントにまつわるものだ。

選んだのはシンプルなデザインのキーチェーンで、自分自身のぶんもお揃《そろ》いで買ってある。

これをプレゼントする際、これにつける鍵《かぎ》もお揃いにしようと頼《たの》むつもりでいた。

つまりは、同居のお願いである。

お願いするに当たって、最低限の条件もクリアしたつもりだ。

(まず、問題は家事だ)

どちらか片方にだけ負担《ふたん》がかかるようでは、将来的に不安がある。

お互《たが》い対等にフォローできるようにしておかなければならない。

(掃除《そうじ》は合格点らしいし)

いつも綺麗《きれい》にしていて気持ちいいねと、広生に誉《ほ》めてもらったことがあるから……。

洗濯《せんたく》もひとり暮らしが長いから問題ない。

問題は料理だ。

大学生になってひとり暮らしをはじめて以来、航平は外食メインで生きていた。

だが広生は、不経済だからという理由できちんと自炊《じすい》している。

週に半分くらいは、昨夜のおかずが余ったからとお弁当を持ってくることさえあるぐらいだ。

こんな状態で同居なんてしてしまったら、広生の負担が大きくなるのは確実だ。

それを避《さ》けるべく、ここ最近の航平は、せっせと料理の勉強に励《はげ》んできた。

とりあえず料理本に書いてあることを理解できるようになったし、レシピさえあればひとりで大抵《たいてい》の料理はできるようにもなった。

今ならコンビニに駆《か》け込まずに、ひとりでお粥《かゆ》だって作れる。

もう大丈夫《だいじょうぶ》だと判断して、同居のお願いを実行する気になったのだが……。

(……さすがに、ちょっと早いかな)

航平的には、つき合いはじめてすぐの同居だってありなのだが、広生もそうだとは限らない。

広生は生真面目だから、ある程度の交際を経《へ》てからでないと応じてくれない可能性もあって、そこがちょっと不安だったりもする。

(でも、俺は今すぐしたいし……)

我慢《がまん》できないからこそ、悩《なや》んでぐずぐずするより意見をぶつけてみることにした。

広生なら、きっと同じように自分の意見をきちんと言ってくれるだろうから……。

(断られませんように……)

とりあえず、駄目《だめ》です、と頭ごなしに拒絶《きょぜつ》されないことを祈《いの》るばかりだ。

同居のための条件なら、なんだって呑《の》む覚悟《かくご》が航平にはある。

(家計簿《ぼ》とかつけさせられたりしてな)

お金のことはきちんとしましょう。貯金に対する考え方も摺《す》り合わせしておかないと……などと、生真面目な広生は言い出しそうだ。

ちなみに、航平は金銭感覚が適当で貯金はあんまりしてない。

その件に関して、広生に怒《おこ》られる覚悟もとりあえずしている。

(とりあえず、酔《よ》わせてからだな)

酔うと広生は、舌っ足らずで可愛《かわい》い口調になる。

あれなら、万が一断られたり、怒られたりしてもダメージが少ないだろう。

(一番いいのは、笑ってくれることだな)

はない。

一緒《いっしょ》に暮らそう？

そんな自分の提案に、広生が、ふわっとあの口元をほころばせてくれたら、これ以上の幸せはない。

二十四年の人生の中で一番の緊張感《きんちょうかん》を味わいながら、航平はシャンパンの栓《せん》を抜《ぬ》いた。

あとがき

こんにちは。もしくは、はじめまして。

黒崎あつしでございます。

寒暖の差が激しくなってきましたね。

気温の変動になかなかついていけずに、ちょっとへばっております。

皆《みな》さまも、どうぞご自愛くださいませ。


さてさて今回のお話は、主人公が予知夢を見る癖《くせ》を持っているという、ちょっと変わった趣《しゅ》向《こう》でお送りしております。

予知夢とはいっても、世界の大事件とか天変地異などを予知するような大袈裟《おおげさ》なものではなく、自分の身の回りのことぐらいしかわからないという低レベル。

地味で安定した生活を送っている主人公は、大事件の夢を見ることもなくのほほんと生活していましたが、そこに人生初とも思える激動期が訪れ……というお話です。

生真面目《きまじめ》すぎる天然の主人公が、人生初の恋愛《れんあい》に戸惑《とまど》いながらのめり込んでいく過程を書くのはそりゃもう楽しかったです。

皆さまにも楽しんでいただければ幸いです。

イラストを担当してくださった、タカツキノボル先生に心からの感謝を。キャラクター達の活《い》き活《い》きとした表情が魅力《みりょく》的で、とても嬉《うれ》しいです。担当さん、毎度毎度気苦労をお掛《か》けしています。いつもありがとう、今後ともよろしくね。

この本を手に取ってくださった皆さまにも心からの感謝を。読んでくださってどうもありがとう。本当に嬉しいです。皆さまが、少しでも楽しいひとときを過ごされますように。またお目にかかれる日がくることを祈《いの》りつつ……。

二〇一一年十月

黒崎あつし

KADOKAWA RUBY BUNKO
溺愛《できあい》されてみる？
黒崎《くろさき》あつし

角川ルビー文庫 R65-33 17099

平成23年11月1日　初版発行

発行者———井上伸一郎
発行所———株式会社角川書店
東京都千代田区富士見2-13-3
電話/編集(03)3238-8697
〒102-8078
発売元———株式会社角川グループパブリッシング
東京都千代田区富士見2-13-3
電話/営業(03)3238-8521
〒102-8177
http://www.kadokawa.co.jp
印刷所———旭印刷　製本所———BBC
装幀者———鈴木洋介

ISBN978-4-04-100045-8 C0193 定価はカバーに明記してあります。

KADOKAWA RUBY BUNKO

角川ルビー文庫

いつも「ルビー文庫」を
ご愛読いただきありがとうございます。
今回の作品はいかがでしたか?
ぜひ、ご感想をお寄せください。

〈ファンレターのあて先〉

〒102-8078 東京都千代田区富士見 1-8-19
角川書店 ルビー文庫編集部気付
「黒崎あつし先生」係

秘めごとはお好き？
あまり可愛いことをいうと、加減が効かなくなるぞ。
黒崎あつし
イラスト／かんべあきら
御曹司×身代わり婚約者のあまふわ蜜月ライフ！
名家の御曹司・曽根吉哉の婚約者役のバイトを引き受けた苦学生の遙。
しかしそれには夜のお務めも含まれていて…!?

ルビー文庫

恋愛未経験。
黒崎あつし
イラスト／六芦かえで
痛くてもいいから……。
早く……タカシさんをください。
ゴーマン社長×童貞新人のカラダから始まる新人教育！
不治の病（実は嘘）を宣告された童貞の直己は偶然出会った
スーツの美形と一夜を過ごすが、実は彼は就職先の社長で…!?
ルビー文庫

Hの時の〝ダメ〟は〝気持ちいい〟ってことですよね――。
経験させてよ!
Keiken Saseteyo!
天野かづき
イラスト/こうじま奈月
天然最強イケメン×草食系大学生の
手取り足取り(!?)ラブ・レッスン♥
合コンで出会った上総に恋愛指導をすることになった日向。
飲み込みの早い上総は最高物件に成長し、しかもHも上達していて!?